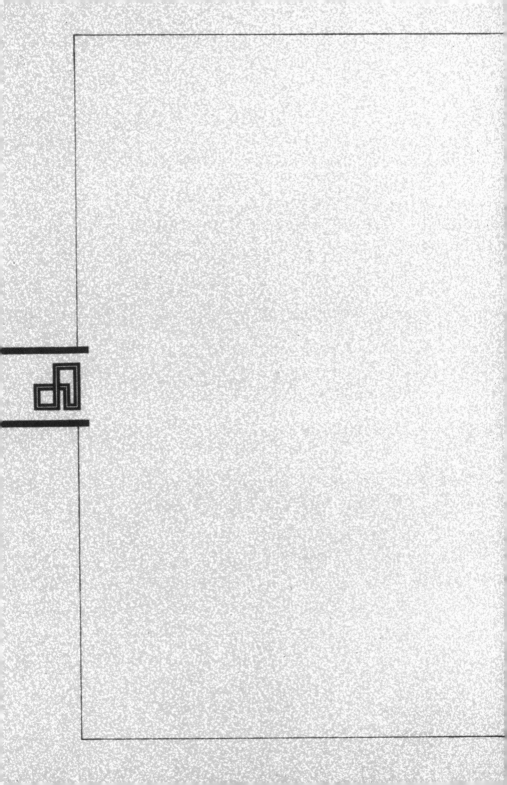

向陽

十行集

向陽

十行集

目錄

卷一・小站

卷二・草根

卷三・立場

集外集

特載：

十行心事
——新版序

一九七四年在竹山，我寫出第一首十行詩〈聽雨〉，這是三十年前的事了。那時我十九歲，未經世事，坐山聽雨，卻也聽見蘭花「是昔日，淅淅瀝瀝呼喊的／聲音」，少年為賦，強說之愁，在三十年後的今天來看，則有恍惚依稀的切身感覺，歲月的流逝、時光的變換，果然和聽雨無異，一眨眼、一瞬間，都隨雨聲而去。

一九八四年，我將自己研磨十年的十行詩七十二篇集為《十行集》，交給九歌出版社出版，那時我廿九歲，在自立晚報社工作，擔任藝文組主任兼副刊主編，年壯氣盛，對於研磨十年的這本詩集抱有相當期待，除了期待這本詩集能被讀者愛藏之外，還期許她的普及能為現代詩「形式的建立」帶來一些貢獻。如今二十年過去，我服務的報社已經進入報業歷史長廊，我個人也因為生涯的轉換，在塵世浮沈而詩作日稀，當年意圖建立現代詩形式的豪語，宛然雨聲，也淅淅瀝瀝而去。每每重翻《十行集》，竟有花落塵泥的悵然。

然則，這二十年來，我詩創作的輿圖，卻是由十行詩和台語詩經緯交織而成。在我的詩路上，《十行集》和《土地的歌》一似車之雙輪，留下明晰的痕跡，一邊是文化傳統，一邊是社會現實，我自大學時期開始自塑詩風的這兩條書寫路線，成為我與其他詩人間最主要的區辨，這又或許足堪告慰於已去的青春。二十年來，詩人學者對於我的十行詩和台語詩的評論甚多，指正和鼓勵也多，相關台灣詩史論述更以兩者定位我的位置；唯一遺憾的是，由於近二十年來台灣文學傳播和出版市場逐漸衰退，《十行集》和《土地的歌》雖獲一定評價，並未廣為愛詩人取讀。《十行集》一九八四年出版後，到一九八七年三刷，算是我的詩集中除了《四季》四刷之外銷路最佳的，但八七年解嚴後，文學市場下滑，《十行集》三版售完也跟著寂靜無聲了；《土地的歌》（台語詩集）則在一九八五年由自立晚報出版，首版兩千本雖然也售完，卻一無機會再刷，直到報社結束營業，才於二〇〇二年由台南金安出版社以《向陽台語詩選》之名重版印出，得以面見讀者。

現在，繼《土地的歌》重版新印之後，《十行集》也以全新版本問世了，這終於可以彌補二十年來一個把生命奉獻給詩的作者的遺憾。比較起來，我還算幸運，兩本舊著經過二十年風霜侵蝕，歲月篩選、時光汰洗，而還能破土而出、重見天日，較諸於當代台灣詩人共同面對的宿命，我已經應該感謝。適合小眾品味的詩集，在大眾閱讀市場中本來就居於邊緣、位在角落。一本詩集的壽命，如蜉蝣、似螢蟲，朝生夕死，本無足嘆。然而，我又不免自問：台灣的詩讀者果然都不讀詩嗎？詩在這個詭譎亂世之中到底扮演什麼角色？「不讀詩，無以言」的年代固然過去了，但現代人豈連心靈最需要的時刻，與詩對話的念頭也蕩然不存了嗎？果然如此，則一本詩集的抖落沈灰又何足喜？

倒也未必。這二十年來我有比較多的機會在各種場合和詩的集會中朗誦自己的詩作，不管場合大小、人數多寡，都能從現場聽眾的專注神情和表情變化，感覺到詩讀者的普遍存在：他們隨著詩語言的跌宕起落進入詩的語境，他們笑、他們沈默、他們亢奮、他們手舞足蹈，他們沈吟、他們也讚嘆——這些在「現場」的觀眾，從另一個層面來說，就是詩的讀者。只要他們也養成買詩集讀詩的習慣，詩集就不會是「票房毒藥」；只要他們用實際的購買詩集鼓勵詩人的創作，台灣的詩人就可以告別缺乏知音的宿命；只要他們愛詩讀詩，在他們欣喜、悲愁、興奮、苦悶的時刻，詩就是陪他們心靈對話的忠實伴侶。我多麼希望隱藏在台灣每個角落每個現場的愛詩人，都來和詩對話，創造出一個嶄新的詩的年代！

我當然也希望，讀者手中這本《十行集》能在二十年後重版新印的此際，為新世紀的新讀者提供新的感覺、新的啓示和新的生命情境。收在這本詩集中的七十二首作品，固然是一個詩作者二十年前對應時代、社會、環境和個人心靈的紀錄，卻也不乏跨越年代侷限、反映當代語境的作品。我在二十年前創作這些詩作時，跟隨著自身生命的成長，伸出心靈的觸鬚，敞開想像的翅膀，書寫與我同在的心情故事、自然景觀和受想行識，致志專一，別無雜念。《十行集》所收三卷，起於情愛的詠嘆，通過景物的吟哦，終於人生場域的思索，這三個階段的詩的擬喻和指涉，應該是不分時代、社會的人的課題。其中多篇作品，二十年來廣為各種重要選集所收錄、翻譯，在各種文學史著中被討論、評介，同時也蒙諸多詩人、學者宏論析微，後期詩作〈立場〉近年來則收入中學課本、大學文學教材。對以詩為志業的我來說，這些專家學者的肯定，都已足以感銘——但我又是多麼希望，讀過這些選詩的讀者進一步閱讀全本《十行集》，聽聞我詩集中的呼喊，並賜我以回音！

●

我要特別感謝小說家蔡文甫先生，在知悉《十行集》已無存書之際，當下決定重版新印這本二十年前的詩集。二十年前，我將《十行集》交給九歌出版社出版時，雖已主編《自立晚報》副刊，卻還是初出茅廬的青年詩人，而九歌已是與純文學、大地、爾雅、洪範並稱文學出版「五小」的重要出版社，堅持文學路線，頗受文學界和讀者肯定，所出之書，都締造銷售佳績，《十行集》能以冷門詩集身分冊列其中，當然緣於蔡先生厚愛；二十年後的今天，文學出版市場已今非昔比，此書還有機會新版重出，更讓我感念蔡先生的隆情。

我也要謝謝九歌資深主編陳素芳小姐和編輯陳慧玲小姐，這本詩集在她們的精心編輯下，能以全新的面貌、高雅的質感呈現在讀者面前，讓讀詩成為一種享受，展閱詩集別有沁心的舒服感覺，而封面和內頁紙質也都別具觸感。這樣的用心處理，都讓本書作者的我感動。

本書重版新印，仍依原版分卷次序編排，唯紀年則調為公元；原版少數錯訛或用語，也有所訂正；附錄部分除原版所輯詩壇前輩洛夫先生、張漢良教授、詩人楊子澗兄三篇賞析之外，增收詩人學者唐捐所寫針對〈立場〉一詩的評論；此外，原版二、三刷時所附「十行集相關介析評論引得」，也趁重版之便加以增補。師友文章，猶如朱霞、白雲，明亮、卷舒；又如山嶽、河海，靈奇、浩瀚，既有鞭策鼓舞作者之用，又有導讀作品、便利讀者之用。我要感謝四位師友的同意收錄，也要向二十年來撰述過《十行集》與十行詩相關介析評論、識或不識的文友們誌謝。

最後，我要向您——《十行集》的讀者——表達感謝之意。在亂雲密佈、雷雨喧囂的年代，詩與夢想、美與希望，儘管微弱，仍然熒熒有光。您的購閱，會是支持一個詩作者繼續書寫的動力。期願這本詩集帶給您詩與夢想、美與希望，以及亂世中平和的心、熱切的愛和永無止息的人生信念。

向陽

二〇〇四年四月十八日
南松山

十行天地兩行淚

——論向陽的十行詩

蕭蕭

一

在〈悲與喜交集的新律詩〉（收入於《燈下燈》書中，東大圖書公司印行）論文裏，我曾指出「向陽是一個詩的形式的堅持者」。向陽的詩作中，詩的節數以偶數爲主，佔百分之八十以上，每節的行數以五行爲多，佔百分之七十。他最激賞、且最常用的，則是十行詩，每首兩節，每節五行。「十行詩」成爲向陽的招牌詩，與他的「方言詩」，同享盛名。

向陽的第一首十行詩是〈聽雨〉，寫於民國一九七四年十一月，最近的一首是〈觀念〉，寫於一九八四年三月，前後十年間，一共創作了七十二首十行詩，大部分的作品集中於一九七六年、一九七七年、一九七八年、一九七九年，是他創作十行詩的鼎盛時期。一九七六年的作品，大約二十首，輯爲一卷，稱之爲「小站」，曾收進向陽的第一本詩集《銀杏的仰望》中。一九七七至一九八〇年的十行詩，約三十首，也輯爲一卷，稱之爲「草根」，是向陽第二本詩集《種籽》的重要內容，憑以榮獲國家文藝獎的主力所在。一九八二年以後的十行詩，在內容上又有新的突破，向陽將這三年的十行詩命名爲「立場」，他說：「如果忘掉不同路向，我會答覆你，人類雙腳所踏，都是故鄉。」

如今，七十二首十行詩，完整地呈現在我們面前時，我們發現向陽自己說：「前期立意寫十行，多少總爲了要自鑄格律，是拿著形式的籠子來抓合適的鳥；後期雖有十行的形式，但已偏向於精神層面的發掘。」而且，這種「固定行數成節，固定節數成篇」的方式，「其實也正是對於詩想的自我冶鍊與棄取，詩想可能有十分，經過形式的裁定，大約只能用其五分。如果詩想單純，五分可以使之精粹；如果詩想繁複，五分適足以除其蕪雜。」（以上引文，取自向陽的〈試以十行寫天地——我爲何及如何從事十行詩創作〉，詳見拙著《現代詩入門》）

二

十行詩分爲兩節，就是一個單純的對比，寫作的方法可以先起承，而後有轉合，在呼應與結構上，都能容易掌握，向陽甚至於有全首都以對比方式寫成的，足證他對律詩的格律有相當深的執著。〈水歌〉寫的是似「水」年華，寫的是君子之交淡如「水」，喝著水酒，向前看二十年，向後看二十年，會有什麼樣的感觸？向陽以全然的對比來寫：

乾杯。二十年後
想必都已老去，一如葉落
遍地。園中此時小徑暗幽
且讓我們聯袂
夜遊，掌起燈火
隨意。二十年前
猶是十分年輕，一如花開

繁枝。樹下明晨落紅勾雨
請聽我們西窗
吟哦，慢唱秋色

「乾杯」與「隨意」正是年少豪情與中年心境的絕佳寫照，簡單的兩個字，分別勾勒了不同的情景。年輕時正該「秉燭夜遊」，古詩說的「人生苦晝短，何不秉燭遊？」不要等二十年後，「葉落遍地」，再來追懷、感傷！反觀只能「隨意」的年紀，剪燭西窗，慢唱秋色，面對的是落紅勾雨，想起二十年前，「花開繁枝」又能如何呢？如水一樣不停的年華裏，如水一樣不停的友誼中，向陽將之截流攬取，兩相對比，顯現了向陽的「早熟」，早熟的詩想——這時的向陽才二十二歲。

類似這種對比性的詩篇，譬如〈雨落〉裏老少的對比，該去「闖蕩」，還是「回家」呢？向陽並不提示答案。〈霧落〉裏父與子的交替，父親像是爲鏗鏘的斧斤所砍倒的巨木，逐漸隱退，而他自己則是「開始發芽的小樹」，終究會成長。對比的用法一直在他的詩中反覆出現，〈雨落〉、〈霧落〉也都是兩節全然的對比，即是最近的一首〈觀念〉，兩節裏的中間一行，分別是「相同景觀，在不同的管道中」與「不同景觀，出自相異的心境」，仍然以對比句型出現。可以說，自始至終，向陽隱隱約約所要維護的是中國詩的一分精髓。

不僅如此，「霧落」的最後兩行以這樣的對比出現：

緩慢地，我展讀父親遺下的信
迅速地，霧來窗裏讀我的眼睛

淚眼朦朧，霧中看信，外在的景與內在的情就這樣不著痕跡，交融在一起，所謂「哀而不怨」、「溫柔敦厚」，就是這樣表現。

在第一階段的十行詩裏，向陽還寫有〈閨怨〉三首，閨怨的詩，原應是疆土拓闊的唐朝，戍人出征的時代，伴隨鄉愁、邊塞詩而出現的，竟然在七十年代青年詩人向陽的詩冊中存留，這其中所暗喻的仍然是向陽不甘放棄屬於中國文化的那一分牽繫之情。

閨怨詩的第一首是〈未歸〉：

餘暉已緩緩將布坊的流漿染成

一片驚心，閣樓上許多機杼
碌碌織著窗頭喑啞的斜陽
水聲潺潺，前年夏天
雀鳥在簷下走失且忘記窗的招喚

自從去冬下廚總記得用雪花
當做調味的鹽巴，每道菜
都標出鞋的里程與風的級數
枯葉打今秋便簌簌地落下
或者花仍要到明春方纔綻放

這首詩，張漢良曾指出「最成功之處便是作者捨『情』不寫，而描繪景物。這些景物全部都是妻子心境的客觀影射。作者執意把第一人稱的『我』去掉，使其感情外延到景物之上，此等暗示手法是寫情最高境界，也正是艾略特所樂道的客觀影射」。

以第二節而言，「雪花當做調味的鹽巴」表現了丈夫不在連做飯也無興致，寫出生活的淒冷。「每道菜都標出鞋的里程與風的級數」，則是妻子進餐時的繫掛，漂泊在外的遊子如何櫛風沐雨，如何走踏萬里，都含蘊在其中了。「枯葉」在今秋飄零，不正是妻子的寫照嗎？花到明春才綻放，是否意味著期待丈夫返鄉的一線希望？

張漢良還指出：「本詩極重要的意象之一便是時間，除了開始蕭條的黃昏景象外，夏、冬、秋、春以及伴隨它們的自然意象先後出現，交代出時間的推移，也暗示時序遞澶對人情緒的影響。」張漢良說：「向陽此詩深得傳統閨怨詩眞味。」（引自《現代詩導讀》）

小小的十行天地，涵容了前年夏天、去冬、今秋、明春的許多事，十行詩的精鍊與豐富，於此可見。向陽寫詩的功力在「小站」出發時，便已具體發揮了！

三

如果說卷一的「小站」是「情的世界」，那麼，卷二的「草根」就是「景的天地」。情是小我的情，景是大地的景。向陽自己的析釋，這樣說：

> 就《銀杏的仰望》中所收二十首十行而言，如〈小站〉寫思鄉、〈懷人〉念故

舊、〈窗盼〉寫情、〈未歸〉寫閨怨、〈山月〉寫愛……大抵偏向於小我之情，其語言亦就濃稠，琢磨也較甚，使用的技巧或比或興，頗近「小令」，以短短十行，寫小我一念、幻暫一景，的確是可以勝任，也好發揮的。

而在《種籽》中所收的三十首十行，便出現了〈飛鳥〉的高曠、〈森林〉的直拗、〈原野〉的剛健、〈草根〉的強韌、〈風燈〉的執著、〈種籽〉的追尋、〈傷痕〉的現實……等一類象大我之情的詩作，語言也隨之放淡，使用的技巧則以「賦」為多，其輻射層面亦廣及天地。（以上均見向陽〈試以十行寫天地〉一文）

注意向陽所說的「高曠、直拗、剛健、強韌……」等等，都是他個人主觀的理念表示，他自我期許的目標，能否達成，則非作者所能控制。但是，如果我們注意他的題目，可以發現一九七八、七九的向陽正在軍營中，逐水草而居，臺北、樹林、溪頭、小港、遊旅之處廣，所能見到的大自然景物也就多了，看看這些題目，就可以知道天地雖廣，也不外乎是：

山色、飛鳥、森林、孤煙、沼澤、原野、夜空、殘菊、草根、疏星、流雨、風燈、絕壁、對月、春雨、晚曇、野原、種籽、水月……

這些都是目之履歷所及，舉目可見之物，與它們所繫的，應是恆久的感情，譬如「高曠、直拗、剛健、強韌」等等。

以〈種籽〉而言：

除非毅然離開靠託的美麗花冠
我只能俯聞到枝枒枯萎的聲音
一切溫香、蜂蝶和昔日，都要
隨風飄散。除非拒絕綠葉掩護
我才可以等待泥土爆破的心驚

但擇居山陵便緣慳於野原空曠
棲止海濱，則失落溪澗的洗滌
天與地之間，如是廣闊而狹仄
我飄我飛我蕩，僅爲尋求固定
適合自己，去紮根繁殖的土地

生命的第一個意義便是決志——拒絕保護，尋求突破。因此要毅然離開美麗的花冠，告別枝枒，甚至於拒絕綠葉的蔭護，才有「等待泥土爆破的心驚」！

生命的第二個意義則是抉擇——要山陵的高拔，還是野原的空曠？棲止海濱，還是接受溪澗的洗滌？「種籽」追尋的是可以繁殖的土地，它必須抉擇！

這時候的向陽心中有著極大的企圖，他要以大地的萬事萬物來象徵生命的情、意、志。大自然雄渾而磅礴的力量，進駐在他的心中，表現在他的詩裏。

這樣的詩，最好也不過是情景交融，終其極也不過是詠物而已！還不是詩的終極目標。但是，我們不可忽略，沒有經過這個階段，就像種籽飄飛，找不到固定而合適的土地，詩人的詩想仍然沒有落地生根的時候。

第二階段的十行詩，是景、物的尋求，尋求適當的景、物，來承載詩人的詩想——向陽選擇了山色、飛鳥、森林、孤煙……

四

回到人的世界上來！

十行詩的第三階段，向陽探詢人的「立場」。轉變顯明的一首詩是〈村景〉，寫於一九八二年十二月。向陽的〈村景〉不同於〈草根〉時期的寫法，放棄了抽象理念的傳達，以「事」來推展詩意，不再是靜態的景與物的展示，是立體的、動態的、「事」的貫串。〈村景〉中有了在晨曦中默默刷洗著青春的浣衣婦女，有了偎在母親背上睡著的嬰兒，不單單是村之景而已，這其中已有了村之事！

有時候，不一定是事件在詩中演示，而是因事起興，詩句是因事而鑄就，〈歎息〉的後半節這樣寫：

從被蠹蟲蛀蝕過的書冊中
從被廢水浸蝕過的稻禾內
從被礮彈噬蝕過的殘壁裏
以最深沈的分貝，世界
把歎息傳給已經聾聵的人類

每一句詩的背後都是一件沈痛的、難以解決的問題，都是一件苦事。

因此，這個時期的向陽，他說「寒流」，就不是指著天候裏的寒流，而是一種冷酷的意見——關於民謠史的演變，有些歌謠是不是殘花的問題！

回過頭去看第二階段的詩，哀西單民主牆的〈痕傷〉十行，因爲是寫於一九七九年十二月，所以他這樣表現：

所謂痕，是已戳遍的刀口
譬如岸與溪爭執，雛菊
向暴雨爭永遠的怒放
那種的，一條決定
箝制我們原不受箝制的，傷

激昂、壯烈的史事，「詠物期」的向陽將它冷凝了！

顯然，向陽在處理西單民主牆時，省略了「人」！

連這樣壯烈的大事件都如此處理，足以明顯看出兩個階段的向陽截然不同的表達方式。

那麼，向陽的「立場」如何呢？

你問我立場，沈默地
我望著天空的飛鳥而拒絕
答腔，在人群中我們一樣
呼吸空氣，喜樂或者哀傷
站著，且在同一塊土地上

不一樣的是眼光，我們
同時目睹馬路兩旁
腳步來來往往。如果忘掉
不同路向，我會答覆你
人類雙腳所踏，都是故鄉

當很多人爲「結」所困而爭辯不已的時候，我們是否也能「望著天空的飛鳥」，說：「人類雙腳所踏，都是故鄉！」

編輯《一九八三年詩選》時，我特別喜愛莊垂明的一首小詩〈瞭望臺上〉：

指向前面
嚮導說：
「那就是邊界
不可擅越」

站在落馬洲的瞭望臺上
我偷問蒼鷹
凜風、鳴蟲
什麼叫做邊界

他們都說：
「不懂」

我在〈編者按語〉中指出：

> 鄭愁予的〈邊界酒店〉說：「不能跨出一步，一步即成鄉愁。」莊垂明在〈瞭望臺上〉說：「那就是邊界，不可擅越。」——為什麼現代人的邊塞詩不在西北荒原，卻在東南水域？
>
> 莊垂明此詩又顯示著另一個意義：人為的政治力量才會有邊界，對於大自然的蒼鷹凜風、鳴蟲，牠們是無所謂邊界的這點，值得所有人類深思。

以向陽的〈立場〉與莊垂明的詩合觀，詩人、文學藝術工作者，是否都能抱持這樣寬廣的胸襟？天地是無限的寬廣，路是無限的寬廣，文學也該是無限的寬廣。

以「立場」爲題，似乎嚴肅了些。向陽的十行詩一開始就是嚴肅的，不僅詩篇整十行，連詩題永遠都是兩個字，因此，以「立場」爲題，不足爲奇。不過，如果能「談笑間，檣櫓灰飛煙滅」，是否更爲傑出、動人？向陽的「方言詩」往往帶有一點令人忍俊不禁的趣味，爲什麼在「十行詩」中反而欠缺了！若能適量添加，是否更爲引人？眼淚，有時應該是笑出來的，所以〈制服〉這首詩應是一首完善的好詩，我們欣賞批判，也欣賞滑稽，更欣賞笑出來的眼淚。

引錄這首詩做結，相信向陽和讀者都能從其中領悟「制服」和制服的道理：

他們穿著一致的服裝，擺盪
一致的手臂，邁出一致的步伐
走在春草茸茸的路上，滿意地
把眉毛、嘴唇、肩膀靠攏成
水平線，仔細丈量沈靜的野原

甚至連風也不敢咳嗽。他們
砍伐了自高自大的樹木，修剪
枝葉分歧的花草，最後一致
仰首搖頭，身爲地上的園丁
當然制服不了空中幻化的雲朵

紮根在生活的土壤中

——以詩觀代序

向陽

我以為：詩從生活中來，也要回到生活中去。如果詩是花果，生活便是土壤，而詩人則是吸汲土壤養分、豐裕花果生命的枝幹。

做為枝幹，詩人的創作生命來自他所立足的定點，而生活即是詩人的立場——不管是選擇沃土或瘠地——選擇山巔或海濱、選擇砂礫或鹽田，只要堅定不移，把自己的根莖往下紮植，緊緊抓住立足的土壤，在導管和篩管供輸正常下，自然可以開花結果。

我以為：詩不是浮萍，也不是測定風向的球；詩不是潮流的跟班，也不是風暴的侍從。詩人只須忠於他所立足的土壤，反映他所來自的生活。

因此，詩人也必須生活，且必須忠於生活。猶如土地，生活的領域至為寬廣。

詩人從自己所立足的有限的土壤出發，去追求花果綻放的無限生命。這是詩人的原罪，也是榮耀。為了贖此原罪，詩人不以擁有土壤為已足；為了光此榮耀，詩人常因花果未熟而憾恨。

用詩反映生活，這是詩人的紮根；讓詩照映生命，這是詩人的結果。詩人以愛做為導管，以智做為篩管，因此強韌了自己的枝幹。透過愛的導管，生命中的喜怒哀樂都是詩人取材的泉源與關懷的焦點，詩人付出了，因此擁有；通過智的篩管，生命中的悲喜善惡都是詩人汰取的目標與思考的對象，詩人擁有了，因此成長。

詩人沒有生活或不敢面對生活，已先失去了土壤，而沒有生活的詩人是沒有土壤的枝幹，他的導管與篩管即使健全也無處發揮，更不用說開花結果了。

——一九八三年九月．南松山

卷一

小站

「小站」收二十三首十行詩作，其中如〈小站〉的懷鄉、〈懷人〉的念舊、〈窗盼〉寫情、〈未歸〉寫閨怨、〈晴雨〉描景、〈山月〉抒愛……，大抵偏向小我之情的流露，語言濃稠，琢磨較甚。

本卷寫作技巧或「比」或「興」，頗近小令，以短短十行，寫小我一念、幻暫一景，聊能承載。這是少年聽雨之詩。

據說前日雨後妳曾在
我們分別的小站徘徊

聽雨

坐在山的這一邊，遙遙地
聽見那邊谷地，恍恍惚惚
傳來陣陣呼喊，淅淅瀝瀝
驚醒了我，築巢採果的
美夢

於是走向谷地去，翼翼地
發現一株啜泣的野蘭，當我
伸手撫慰，乃又了然那花
是昔日，淅淅瀝瀝呼喊的
聲音

・一九七四年十一月十二日竹山
・一九七六年一月一日《秋水》詩刊第九期
・一九八五年六月 *"The Chinese Pen"* 夏季號（John J.S. Balcom 英譯）

小站

彷彿還是去年秋天
被雨打濕了金黃羽翼的
故鄉的銀杏林下，那朵
畏縮地站在一抹陰翳蒼茫中
鮮紅的，小花？

透過今春異地黃昏的車窗
望去：一隻鷺鷥
　　舞動著灰白的雙翅
　　　　在緋麗的晚雲裏，翩翩
飛逸！

・一九七六年三月二十六日山仔后
・一九七六年七月三十一日「聯合副刊」
・一九七八年選入《中國當代青年詩人大展》（傅文正主編／德馨室出版社）
・一九八〇年選入《當代中國新文學大系》詩卷（瘂弦主編／天視出版公司）
・一九八五年六月 *"The Chinese Pen"* 夏季號（John J.S. Balcom 英譯）
・一九八五年八月收入 *"My Cares"*（向陽英文詩集）
・一九八九年選入《中華現代文學大系・詩卷》（張默等編／九歌）
・一九九五年選入《新詩三百首（一九一七～一九九五）》（張默・蕭蕭編／九歌）
・二〇〇一年選入《二十世紀台灣詩選》（馬悅然等編／麥田出版）
・二〇〇二年選入《戰後台灣新世代文學論》（朱雙一／揚智）

懷人

那座山岡，自君別後
已孤獨靜默了許久
今晨我去，發現前年
我們踩過幽徑的松子
仍舊紛紛走回松林的枝椏

那條小路，在斜陽下
更崎嶇斑駁了許多
前年此刻，送君遠行
我們臨觴釃酒的亭腳
竟然長滿隨風飄搖的艾草

．一九七六年三月二十八日山仔后
．一九七六年五月十七日青年戰士報「詩隊伍」
．一九八五年六月*"The Chinese Pen"*夏季號（John J.S. Balcom英譯）
．一九八五年八月收入*"My Cares"*（向陽英文詩集）

窗盼

——莫非之一

莫非是一朵定向的錦葵
只顧南望，在熟悉的小園中
找尋花徑上陌生的蹄蹄清淺
且等待淒淒蓬門上，柔柔
叩問的：那雙手

那雙也能令人
拭淚，令人啓睫訴說的手，也能
掃花徑而成淺淡的印痕，若素絲
爲喜愛的顏色而紡織：等待的
定向南望的一朵，莫非錦葵

．丙辰穀雨華岡
．一九七六年六月十六日《大地》詩刊十七期

天問

——莫非之二

莫非大旗已隨夕照
掩入天涯！鈴聲陣陣
暮靄一般飄來，漸行漸遠
回首睨舊鄉，空餘黃沙
一隻青鳥，翩翩飛向關山去

那愛嬌的女子，是否
還在小小閣樓上，點起
一盞溫溫的燈，描摹
故土的輿地，如織錦的經緯
是否大旗一偃便如沈江的晚照

・丙辰穀雨華岡
・一九七六年六月十六日《大地》詩刊十七期

燭怨

——莫非之三

莫非潺潺亦是一種
水流？天明後想只餘昨夜
杜鵑血泣的餘灰！晨曦
將至，殘葉上的露珠
怕也是火光裏驚鴻那一瞥

更鼓催人，招手兩情更濃
不料揮淚，袖巾頻頻揚起
風掀處，兩岸猿聲漸漸啼，凝眸
望斷，來時江渚，那白淒身影
在野霧裏，悄悄，隱去

・丙辰穀雨華岡
・一九七六年六月十六日《大地》詩刊十七期

問答

——跫音之一

深山的盛夏，一朵雲
悄悄避開烈日的追擊
隱入高岩上，蘭花的蕊裏
叩問：松子
何時？走過

盛夏的深山，一陣雨
遠遠掀起狂風的裙裾
飄到小徑中，落葉的脈上
回答：幽人
昨日！已眠

·一九七六年七月十日溪頭
·一九七七年三月十五日《葡萄園》詩刊五十七期

窗帘

——跫音之二

站在高聳入雲的樓巷底下
找尋沾著故鄉泥土的鞋
昨夜追逐一輪明月
忘了未穿襪子的腳
被玻璃碎片戳出戀夜的血

右邊六樓的小窗亮起了燈
抬頭是異地雨著的夜
漆黑中傳下溫暖的酒令
燈後想是妻兒歡宴，燈前
窗邊緩緩闔上雪亮的帘

・一九七六年七月十日溪頭
・一九七七年三月十五日《葡萄園》詩刊五十七期

楚漢

——跫音之三

夜讀項羽本紀，無奈地
批成繁花遍地，想當初
必有眾星閃熠，要不然
烏江北畔不至騅止風起
父老江東飲泣

午後下一盤棋，壯烈地
將得車馬失蹄，看今朝
總是小卒得意，即使是
偷渡楚河難免炮熄漢地
將帥猶存餘悸

・一九七六年七月十日溪頭
・一九七七年三月十五日《葡萄園》詩刊五十七期
・一九八二年選入《葡萄園詩選》（文曉村主編／自強出版社）

獨酌

幾乎每次總是
在遠眺山下圍舞的燈火時
看見：一群斷翅的螢蟲
忙著，呑噬
被家書打翻的月光

有時難免想起
屋後那條潺潺流盪的溪河
沖破阻窄的隄防，青筋暴怒地
向源頭喊道：我不止是
一種，容器

・一九七六年八月十三日溪頭
・一九七六年十月一日《秋水》詩刊十二期
・一九七八年選入《中國當代青年詩人大展》（傅文正主編／德馨室出版社）
・一九八〇年選入《當代中國新文學大系・詩卷》（瘂弦主編／天視出版公司）
・一九八九年選入《秋水詩選》（涂靜怡主編／秋水詩刊社）

子夜

不寐是最和平的戰爭
腳跡與眼光的焦距之調整
窗外：一望漆黑；窗內
燈下有蛾慢慢撿拾沖洗後
鮮豔的，愛情

愛情是最冷酷的和平
晚風和燭火的拉扯與膠著
闔眼：便有焦灼；睜眼
夜色化蝶翩翩提醒恍惚中
沈默的，凝眸

．一九七六年八月十四日溪頭
．一九七六年十月一日《秋水》詩刊十二期
．一九八九年選入《秋水詩選》（涂靜怡主編／秋水詩刊社）

水歌

乾杯。二十年後
想必都已老去，一如葉落
遍地。園中此時小徑暗幽
且讓我們聯袂
夜遊，掌起燈火

隨意。二十年前
猶是十分年輕，一如花開
繁枝。樹下明晨落紅勾雨
請聽我們西窗
吟哦，慢唱秋色

・一九七六年八月十四日溪頭
・一九七六年十月一日《秋水》詩刊十二期
・一九八九年選入《秋水詩選》（涂靜怡主編／秋水詩刊社）
・一九九一年選入《台灣現代詩選》（非馬編／香港文藝風出版社）
・二〇〇二年選入日文版《台灣現代詩集》（林水福等編／東京國書刊行會）

掌紋

自從開始了解山河
歲月就在籮箕的廝磨中
盈缺。偶爾剝繭抽絲
總會懷疑，哪種機杼
紡得出回家的路途

已倦於流竄的星宿
在風中找尋葉落的軌跡
阡陌縱橫，輿地錯置
想必放手一翻，總會碰上
奔逐的景色裏殞棲的酒旗

・一九七六年八月十四日溪頭
・一九七六年十月一日《秋水》詩刊十二期
・一九八九年選入《秋水詩選》（涂靜怡主編／秋水詩刊社）
・一九九〇年選入《新世代詩人大系》（簡政珍・林燿德編／書林出版）
・一九九八年選入《新世代詩人精選集》（簡政珍等編／書林出版）

雨落

必須出去闖盪的年紀了
嚮往城市繁華的少年，砍倒
枝枒落盡的老樹，在樹中
迴繞的年輪裏，想起
乾枯閉塞的晨露

該是回到家門的時候了
縈念愛孫歸期的老人，捧著
茶煙瀰漫的小杯，在杯裏
倒映的皺紋中，看到
深陷洸洋的江河

・一九七六年八月二十一日溪頭
・一九七六年十月一日《秋水》詩刊十二期
・一九八九年選入《秋水詩選》（涂靜怡主編／秋水詩刊社）

未歸

——閨怨之一

餘暉已緩緩將布坊的流漿染成
一片驚心，閣樓上許多機杼
碌碌織著窗頭喑啞的斜陽
水聲潺潺，前年夏天
雀鳥在簷下走失且忘記窗的招喚

自從去冬下廚總記得用雪花
當做調味的鹽巴，每道菜
都標出鞋的里程與風的級數
枯葉打今秋便簌簌地落下
或者花仍要到明春方纔綻放

・一九七六年九月十日溪頭
・一九七六年十月二十五日《詩脈》季刊第二期
・一九七九年選入《現代詩導讀》導讀篇（張漢良、蕭蕭編著／故鄉出版社）
・一九八一年選入《青青草原・現代小詩賞析》（落蒂編著／青草地出版社）
・一九九〇年選入《新世代詩人大系》（簡政珍・林燿德編／書林出版）
・一九九一年選入《台港現代詩賞析》（古遠清編著／河南人民出版社）
・一九九八年選入《新世代詩人精選集》（簡政珍等編／書林出版）

讀信

——閨怨之二

據說強力颱風
昨夜便已登陸，今晨
陽光依舊豔著，只依稀
門外那叢婚時栽下的觀音竹裏
有驚歎的，斜倚！

客廳中獨自守著電視
手裏的針線無意擾亂了畫面
顫動地，根據氣象預測
明天各地皆晴
怎麼郵戳上分明記載，小雨……

·一九七六年九月十一日溪頭
·一九七六年十月二十五日《詩脈》季刊第二期

秋訊

——閨怨之三

蘆葦沿屋後的小路
一逕白上山去，起風時
可以聽到大地呼吸的聲音
身旁一片苦苓的小葉默默飄落
手上的煙猶留長而泛白的殘灰

從戀時就保存至今的照片
黑白的色距中夸飾著對比的明暗
臨著已有摺痕的報紙
在泛黃的乾燥的版面上
竟然看到，煙灰落地的消息

・一九七六年九月十五日紗帽山
・一九七六年十月二十五日《詩脈》季刊第二期

晴雨

下午的時候，我從苔覆的山徑
走過，風中夾帶著雲的語音
葉子們彎下腰來挽留
將暮的天色，一隻斑鳩
衝出榆樹枝椏的重圍並且翺翔

植物的愛情，一種仰望的
飛騰，黃昏漸暗的林間
風景招喚著雨聲，乘隙而入
在灰色的高巖上，陽光
被斜斜踏成一朵：含淚的小花

・一九七六年十二月十三日紗帽山
・一九七七年一月十五日「人間」副刊

斜暉

也許我已不該
再要求常謝的槭葉
向妳掛上黃色帘幕的小窗
說些什麼，諸如妳的眼波
在潮浪起時背向逐漸隱退的海

或者妳僅只是
喜歡以腳步的偶爾流梭
山嵐一般，輕輕拂過
我多露水的眼瞼，走入
林間葉影輕覆，泣血的青苔上

・一九七六年十二月十三日紗帽山
・一九七七年二月《草根》詩刊第二十二期
・一九七七年四月二日「中華副刊」

晚霜

妳站到長河對岸
隔著我，一道銀白的蘆葦
隔著夜，三五顆流星
那時天色已淒得很黯了
彷彿聽見曇花一聲聲開放

杉林上頭依舊有雁游移
是否妳正用輕彈的柳枝
勾扯回首不忍的我
從我額梢垂直落下一朵寒月
自河的彼岸妳踏蓮款步而來

・一九七六年十二月十三日紗帽山
・一九七七年二月《草根》詩刊第二十二期

山月

難免我會仰起多枝葉的手
承載妳
入夜傳裝時洗掉的容顏
據說前日雨後妳曾在
我們分別的小站徘徊

有種哀怨是與行色無關的
我靜靜梳理被風亂了的髮
並且只能說
自從我踏孤飛的翅膀走入野地
妳即已是一輪浪蕩的天空

・一九七六年十二月十三日紗帽山
・一九七七年二月《草根》詩刊第二十二期
・一九七七年三月十二日「聯合副刊」
・一九七八年選入《中國當代青年詩人大展》（傅文正主編／德馨室出版社）
・一九八〇年四月選入《當代中國新文學大系・詩卷》（瘂弦主編／天視出版公司）
・一九九〇年選入《新世代詩人大系》（簡政珍・林燿德編／書林出版）
・一九九八年選入《新世代詩人精選集》（簡政珍等編／書林出版）

冬祭

其實亦非必定是絕對而將不可或改的
我向你道別的時候，已記不清楚
曾否你別過臉來從淚裏偷偷送我
然則我仍不忍地低下身去撿拾宋詞講義
且竟看到你的髮翔過鷺鷥的上空

後來我走入一冊含苞的櫻樹林裏
去年的雪事猶刻鏤在斷層的年輪中
年輪中有我凋下一兩片念你的誓約
誓約也許也要腐蝕吧，想你星夜趕及
鷺鷥斷翅我或已自櫻道上消逝

・一九七六年十二月二十三日華岡
・一九七六年十二月二十八日「華岡冬季抒情詩展」

霧落

霧落下潮起一般地沖襲
那時仍舊聽到鏗鏘的斧金
響自逐漸隱退的山頭
啄啄地，彷佛空谷鳥鳴
悄悄地，霧侵佔了小村

霧落下黃昏一般地來臨
此時已經不見落寞的葉蔭
憐視開始發芽的小樹
緩慢地，我展讀父親遺下的信
迅速地，霧來窗裏讀我的眼睛

・一九七七年一月十八日紗帽山
・未發表

卷二

草根

《草根》收二十八首十行詩作，諸如〈飛鳥〉的高曠、〈森林〉的直拗、〈原野〉的寬闊、〈草根〉的強韌、〈風燈〉的執著、〈種籽〉的追尋……等，傾向於大我之情的探究，語言放淡，而情境轉深。

寫作技巧以「賦」為多，層面略有開拓。

如你再度來到，唇角捺著一撇諷嘲，
我歉然還你媚綠的微笑。

山色

未到初秋而天已涼了
蟬聲漸漸寂寂走過
小徑那邊，楓葉偷偷
竊據了啄木嘰喳的論戰
彳亍是一種孤獨的溫暖

彳亍是柳杉的一種落寞
帽以青天鞋以大地
衣以堅持的常綠
但風雨每期期以爲不可
天已涼了而未到初秋

・一九七七年九月一日溪頭
・一九七七年十一月三日「中華副刊」

飛鳥

黃昏時候我來到水湄。
我是來自北方，遲歸的雁鳥，
兩翼負載沈痛的鄉音，一路畫下輕喟的軌跡，
彷佛陰森的冰雪，當我逃離，獵犬的爪痕，
一仍覬覦：我向風寒斷羽。

此刻星稀，我在水湄休憩，
螢飛蟲鳴，草木青郁，浪波引燃花香……
呵這曾是我，早已失落，沒有柵欄的過去。
但待明晨日白天青，我即用翅膀證明：
飛翔以及天地，是以我選擇棲居。

．一九七七年九月五日溪頭
．一九七七年十月二十三日「聯合副刊」
．一九七八年選入《中國當代青年詩人大展》（傅文正主編／德馨室出版社）
．一九八二年選入《聯副三十年文學大系詩卷，抒情傳統（1）》（聯經出版公司）

森林

所有路巷皆婉轉在我們腳下罷了！
除了背負以及支持天空，
淚珠或者唾液，是無礙於站姿的。
生長，但尤其仰望，讓飛鳥自眼中奔出，
我們的足掌何等愛恨交錯地抓住泥土！

即令風窺雨伺雷嘲電怒，笑是無辜的，
我們仍可以戰鬥，用耳鬢廝磨。
如果門只一扇，開窗同樣見山，
是以我們挺腰直立，任令路巷紛紜，
至於論辯，大可交付激水與亂石。

・一九七七年九月七日溪頭
・一九七七年十二月一日《中外文學》六十七期
・一九七八年選入《中國當代青年詩人大展》（傅文正主編／德馨室出版社）

孤煙

一舉手即可丈量天地嗎？
在隱匿林木、疲乏於相互擠撞的沙礫中，
只爲某種水聲，如是我聞：
烏青地，你緩緩站起，甚至，
也不睬身後的天際正放百千萬億大光明雲。

所以一投足乃見炙火成水。
你迅行疾馳，風向西北西，林木復甦，
爾時一切業報山川一切色皆來集會，
水聲潺潺，無盡天地開展，
唯地平線俯首，合掌而退。

・一九七七年九月八日溪頭
・一九七七年九月二十六日青年戰士報「詩隊伍」
・一九九〇年選入《新世代詩人大系》（簡政珍・林燿德編／書林出版）
・一九九八年選入《新世代詩人精選集》（簡政珍等編／書林出版）

沼澤

那時所有妳離家出走的血液，
流浪在虞美人草的小徑上，
並且攜帶了三行心事，
緩緩向我的亡魂提及——
尚未出世時我們美麗的殺戮。

而此際妳是已默默闔下眼睫了，
以便拒絕我皆裂的凝視。
河川闢成清寒的公共場地，
所以只有讓沼澤來印證——
冰冷的脣我們吻遍的今生。

．一九七七年十月五日溪頭
．一九七七年十二月十七日香港時報「焚風專頁」
．一九九〇年選入《新世代詩人大系》（簡政珍．林燿德編／書林出版）
．一九九八年選入《新世代詩人精選集》（簡政珍等編／書林出版）

原野

夜已靜謐，濃黑緩緩落下來，
燈火一旋身，便將秋燃成滿天稠墨。
在風裏，我們是行進的一群，
面向北極，步步爲營，
闖入醜陋且黯鬱的世界裏。

仰著頭，吸吮早降的雨露，
站直身，標出鋼鐵之經緯，
我們是迅速殲敵的一群，爬行滾進，
用血與淚染綠行過的土地——
沙石土礫只好隱身，等待白日降臨。

・一九七七年十月十五日大林中坑
・一九七七年十一月七日青年戰士報「詩隊伍」

夜空

除了披覆之外，我們別無選擇
山陵舒坦胸腹安寧地躺下，
行經河川，城市在右村莊在左，
路巷匯集了威武，進駐寬廣的平野，
只有燈火，閃爍的流彈，曖昧在北風裏。

一種棲止，無關乎行色，
我們少於被仰望，甘於受剔責，
鳥飛樹上啼，蟲墮水中泣，
我們包容所有污池與濁穢，
也在冷中壯行者神髓。

・一九七七年十月十六日大林中坑
・一九七七年十一月七日青年戰士報「詩隊伍」

殘菊

森林是漸漸顯得退後了。
站在乾燥的黃土高原上，
仰望遠藍的天空，南奔的飛鳥，
高聲地，我伸張脆弱的雙手呼喊：
山河讓開，讓我滾出一片晴翠原野來！

只聽到西風隱入塵沙裏浪笑，
只看見塵沙追迫著寒霞，
毅然褪下一身白而豐美的羽冠，
靜默地，望南我俯下臉容——
森林逼近，晚露迅速潤洗著黃土……

・一九七七年十一月二十二日高雄小港
・一九七八年二月十六日香港時報「焚風專頁」

草　根

即使是再莽撞再劇烈的剷掘，
我也會柔曲著體幹忍受。
原不善於面對烈日陰雨的，
你踢走了我藏身的泥沙，
還留我一地石礫灰白……

所以只要晚露在闃闇中降臨，
我便默默伸出觸鬚，覓尋泥土，
從事另一次紮根，艱苦而愉悅的旅行。
如你再度來到，脣角掠著一撇諷嘲，
我歉然還你媚綠的微笑。

・一九七七年十二月十六日臺北樹林
・一九七七年十二月二十八日「人間」副刊
・一九七八年六月十日獲全省新詩創作展第一名
・一九七八年選入《中國當代青年詩人大展》（傅文正主編／德馨室出版社）
・一九八四年選入《七十年代作家創作選・詩卷》（向陽主編／中國文化大學出版部）
・一九八九年選入《台灣新詩發展史》（古繼堂／人民文學出版社）
・一九九一年選入《台港現代詩賞析》（古遠清編著／河南人民出版社）

疏星

宛如夜中有人提燈
自窗前走過，那種驚覺
此刻忽來站在讓雨侵濕了的
頰邊。我陌生地喚你名字
又在你眼底熟悉地汲出自己

多寒的容顏；而山色浣洗
在薄霧裏，而風刀削瘦林間
當你輕俯雙肩，低唱夜深
抬頭我乍見：那年離亂江上
斜雨未曾捻熄的野火，微明

・一九七七年十二月二十七日臺北樹林
・一九七八年三月《綠地》詩刊第十期
・一九七八年六月選入《中國當代青年詩人大展》（傅文正主編／德馨室出版社）

流雨

宛如足跡刻正尋著沙灘
逐步追索，海的心情
你走來，給我輕聲的微笑
好嗎？那時我正計畫紮駐
天空，要你躲入帘幕裏歇息

並且我是，一點一滴都說與你
浪濤衝破危島而岩岸起落著
歡呼，唯你默默，默默
教我驚聞：一排排防風林
一地黯黯垂詢，足跡蹈海的音訊

・一九七七年十二月二十七日臺北樹林
・一九七八年三月《綠地》詩刊第十期
・一九七八年選入《中國當代青年詩人大展》（傅文正主編／德馨室出版社）

夜訪

倦鳥的翔姿與悲鳴在我是模稜的。
撥開月臺濕漉的人潮，荷上——
滾動的露珠，陌生地，
投乾辣的眼光於熟悉之燈影，
冬天，巷道，游移不定的相思的葉蔭。

這時我來尋你，怕窗燈，皆滅了，
宛如多年不見，我怯怯喊你。
隔著門，隔著雨露和微火，
但只有凝眸相望最教人神傷，
淚已在巢雪水正沿額端跌落……

・一九七八年一月八日陽明山
・一九七八年一月十五日「人間」副刊
・一九七八年選入《中國當代青年詩人大展》（傅文正主編／德馨室出版社）
・二〇〇二年選入《情詩手稿》（侯吉諒編／未來書城）

走過

等待是小草拋給北風的眼神，
而這時入夜了，原野亮出燈的身影，
我走過，樹葉們囂嚷地尾隨著，
我走過，陷坑們陰冷地窺伺著，
於是一條山徑流了下來，我是靜止的過客。

於是三兩漁火昇了上去，星在浮雲間殞落，
但海在遠方寧謐地微笑著，我走過，
但暗流在深處不安的滾著，我走過，
而明月抖擻了列隊進擊的防風林，
鷗鳥是沙灘回報小港的聲音。

・一九七八年一月二十三日高雄小港
・一九七八年三月三十一日《八掌溪》詩刊六、七期

風燈

給予光和熱是我眨眼垂淚的理由，
你摸黑來小站駐足，然後離我——
向黑裏走了，在簷瓦與支柱間，
我猶自懸空依存。這樣也好，
只有飛蛾才不了解我風前的手勢。

但你切莫回頭，回頭恐傷我神色漸弱，
要你不知，我執決地鑑照——
你踏過身影走入漆黑大地。
含笑我捺熄心中唯一的戀恨，
黎明而見不著你暗中的千種臉痕。

．一九七八年一月二十七日高雄小港
．一九七八年三月二十九日《風燈》詩刊第二期

絕壁

從此分手吧！流泉冷峻地推開了峽谷。
曾經我們連袂同行，奮力頂住——
漸夜的星辰，在蘭草前凋萎。
而且不拒絕荊棘蔓生，我們突破朝露仰望：
最高處日與月交迸輝映。

但如今隔著峽谷深沈，我們相距甚近，
面對峙立，觸摸不到舊時的體溫……
蘭在此草在彼，石裂兩地我們凝視無語。
唯流泉自千仞下淙淙，匆匆飛逝，
晚夜或者白天，所爭者厥在此最終一劍。

・戊午元宵，高雄小港
・一九七八年六月十五日《山水》詩刊第十六期

對月

初晨我來高崗，妳在澎湃的浪前流連，
越過林梢、葉間的晨露，越過冷靜的稜線，
妳我脈脈相望，當中萬里江山，
那種不忍，並且試圖挽留妳的舉步離去。
教我想及每到黃昏，我西下，而妳正升起……

所以我走出崎嶇山巒，踩上斷層邊緣，
用熱力驅逐陰影，撫慰每一寸妳愛吻過的土地，
要妳也看到，我的眼睛如何澄清天宇。
但妳決絕地蹈海而去，像小溪背棄了峽谷，
只留清風一縷，暗中笑我，寒涼眼色。

・一九七八年三月十二日高雄市
・一九七八年九月二十五日《綠地》詩刊第十二期

春雨

冷雨靜靜吻在怒放的花冠上
清晨微明，我獨自走過
泥濘寂寥的長巷，野戰服
第三顆鈕釦以下，暗暗藏著
昨夜海濱崗哨急就的信

寄給山裏的妻，不止於
泥土草根的纏綿，愛
是山原江海契合的聯集，至於
問我一個二等兵之心境
晚露，野火，槍膛裏盛開的玫瑰

．一九七八年四月十一日高雄小港
．一九七八年七月十一日「中華副刊」

晚曇

忽然連身後的燈光都黯默了下來
那時曇花開得正豔吧，只有微雨
冷靜拍著，逐長巷逼來的高牆
我再度審問妳別過去的臉影
卡在冠瓣皆謝的藤架裏

其實和天候了無糾葛，半也是
怪妳一壁怒綻的笑容瞬然冷了
此刻斜雨簌簌撲向午夜窗間
我起身離開，並且拋給長巷
不再相見的再見

・一九七八年四月三十日高雄小港
・一九八〇年三月八日「中華副刊」

野原

你走的時候，我沒有說什麼
甚至喊你一聲再見，也覺十分多餘
百合含淚將身和靈託付給蝶衣
就已暗中準備好了，孤獨風雨夜後
笑吻漿泥的凝定和悲淒

因你是遠行的山岳，只合我
舒坦仰望，以包容的野草遼敻
送你漸隱星燈的身影。至於瓣上露珠
瓣下的丘陵，都隨你愛憎吧
我是春風綠遍，被廢棄的明天

．一九七八年五月十一日高雄小港
．一九七九年二月一日《中外文學》八十一期

心事

浮雲把陰霾的顏面埋入
迴映碧樹蒼空的小湖
小湖又把圈圈圈不住的皺紋
隨風交給游魚去處理了
所謂心事是楊柳繞著小湖徘徊

逝去的昨夜挽留著將來的明天
落葉則在霧靄裏翩翩飄墜
而悲哀與喜樂永遠如此沈默
只教湖上橋的倒影攔下
倒影裏魚和葉相見的驚訝

・一九七八年五月十一日高雄小港　・一九八〇年一月四日「自立副刊」
・一九八二年選入《感月吟風多少事：現代百家詩選》（張默主編／爾雅出版）
・一九八五年六月 *"The Chinese Pen"* 夏季號（John J.S. Balcom英譯）
・一九八五年八月收入 *"My Cares"*（向陽英文詩集）
・一九八六年選入美國 *"The Ninth Biennial Anthology of Premier Poets"*（John J. S. Balcom英譯）
・一九八六年選入韓文版《亞洲詩人選》（許世旭韓譯）
・一九九〇年選入《新世代詩人大系》（簡政珍・林燿德編／書林出版）
・一九九八年選入《新世代詩人精選集》（簡政珍等編／書林出版）
・二〇〇一年選入 *"Frontier Taiwan: An Anthology of Modern Chinese Poetry"*（馬悅然等編／Columbia University Press）
・二〇〇一年選入《二十世紀台灣詩選》（馬悅然等編／麥田出版）
・二〇〇二年選入日文版《台灣現代詩集》（林水福等編／東京國書刊行會）

種籽

除非毅然離開靠託的美麗花冠
我只能俯聞到枝枒枯萎的聲音
一切溫香、蜂蝶和昔日，都要
隨風飄散。除非拒絕綠葉掩護
我才可以等待泥土爆破的心驚

但擇居山陵便緣慳於野原空曠
棲止海濱，則失落溪澗的洗滌
天與地之間，如是廣闊而狹仄
我飄我飛我蕩，僅爲尋求固定
適合自己，去紮根繁殖的土地

・一九七八年五月十五日高雄小港　・一九七八年九月九日「人間」副刊
・一九八〇年選入《中學白話詩選》（蕭蕭、楊子澗主編／故鄉出版社）
・一九八三年香港《譯叢》十九、二十期「當代中國文學」專號（張錯英譯）
・一九八五年八月收入 *"My Cares"*（向陽英文詩集）
・一九八七年選入《小詩選讀》（張默編著／爾雅）
・一九八七年選入 *"The Isle Full of Noises: Modern Chinese Poetry from Taiwan"*（張錯編／Columbia University Press）
・一九八七年選入《千曲之島：台灣現代詩選》（張錯編／爾雅）
・一九八八年選入《當代台灣詩萃》（藍海文編／湖南文藝出版社）
・一九八九年選入《中華現代文學大系・詩卷》（張默等編／九歌）
・一九八九年選入《台灣新詩發展史》（古繼堂／人民文學出版社）
・一九九一年選入《台港現代詩賞析》（古遠清編著／河南人民出版社）
・二〇〇一年選入 *"Frontier Taiwan: An Anthology of Modern Chinese Poetry"*（馬悅然等編／Columbia University Press）
・二〇〇一年選入《二十世紀台灣詩選》（馬悅然等編／麥田出版）

水月

自然妳總是以脣的櫻紅寧謐
泊靠我眼睫微顫入夜後黯黑的心情
並且游移在淚霧含笑的鏡中
粼粼不理末夏濕漉漉的浮雲
只要我，順風記取妳坦蕩的臉紋

但我僅敢暗中梳理爲妳煩亂的髮
任分列皆笑的眾樹不屑
深不見底我愛而怯於擁妳入懷的夢
等妳去時闔目我方才竦然驚心
我冷眼之火熱，妳熱吻之冰冷

・一九七八年八月十九日岡山燕巢
・一九七八年九月《鳳凰族》詩刊第一期

晚晴

引望星河，此際簷下依舊
垂落來訪而未遇，你悄聲留置的
水露，向一壁凋殘的花痕
欲滴還羞。想午後悵然你舉傘離去
怕也雙脣半闔於滿園春碧吧

我則啞聲黯恨夜空如洗
浮雲散盡了，舉杯只有缺月相對
清風無影，應惜笑語齉淚
你關山隔我一牆，我萬里在你座旁
一燈渡夜，同指啓明星醉

・一九七九年二月二十日桃園虎頭山
・一九七九年五月七日「中華副刊」

秋辭

葉子攀不住枯黯的枝枒
紛紛奔向清晨微寒的潭心
有人打傘自多露的湖畔走過
只聽見右側林中跳下一顆
松子，驚聲喊道

你就這樣來了嗎？漣漪
和回聲都流連在空盪的水面上
一些浮萍忽然站了起來
留下山的倒影明晰地吻著雨後
蔚藍的天空，而秋是深得更深了

・一九七九年十一月二十七日臺北
・一九八〇年一月二十五日《詩人》季刊十四期
・一九八三年香港《譯叢》十九、二十期（張錯英譯）
・一九八五年六月 *"The Chinese Pen"* 夏季號(John J.S. Balcom英譯)
・一九八五年八月收入 *"My Cares"*（向陽英文詩集）
・一九八六年八月美國 *"Poet"* 詩刊(John J.S. Balcom英譯)
・一九八六年選入韓文版《亞洲詩人選》（許世旭韓譯）
・一九八七年選入 *"The Isle Full of Noises: Modern Chinese Poetry from Taiwan"*（張錯編譯／Columbia University Press）
・一九八七年選入《千曲之島：台灣現代詩選》（張錯編／爾雅）
・一九八九年選入《中華現代文學大系・詩卷》（張默等編／九歌）
・一九九一年選入《台灣青年詩選》（張默等編／北京人民文學）
・一九九二年選入 *"Anthology of Modern Chinese Poetry"*（奚密編譯／Yale University Press）
・二〇〇一年選入 *"Frontier Taiwan: An Anthology of Modern Chinese Poetry"*（馬悅然等編／Columbia University Press）
・二〇〇一年選入《二十世紀台灣詩選》（馬悅然等編／麥田出版）

即景

路繞過埡口拐個彎
就衝向更深的谷地去了
纏著嶙峋偉岸的山崖
崖下綿延細瘦的小溪
一同馳入相思葉垂的林子裏

再望前是一瓣雲，輕輕咬住
蕩然的天空，天空不說話
轉身把雲甩給右邊的山嶺
從溪畔振翅而起的鳥張口銜住
雲，跟著路也飛走了

・一九七九年十二月一日臺北
・一九八〇年一月二十五日《詩人》季刊十四期

痕傷

——哀西單民主牆

所謂牆，是一切都有隔閡
譬如山與天爭高，飛蟲
向蜘蛛爭殘喘的一口氣
那樣的，一道堅持
保障我們從不被保障的，網

所謂痕，是已戮遍的刀口
譬如岸與溪爭執，雛菊
向暴雨爭永遠的怒放
那種的，一條決定
箝制我們原不受箝制的，傷

．一九七九年十二月七日臺北
．一九八〇年一月二十五日《詩人》季刊十四期

笛韻

最初是竹葉一般的滯澀
我們飄向陽光初臨的荒山
所有鳥聲都來迎接
所有水露猶疑在山姑婆芋上
興奮地掉下了眼淚

或者是晚夜一無名的巷弄
我們悠悠行過，點亮
某不寐的樓窗，非關情愁
也不是病秋，只天地肅然沈寂
把我們拋置在翻開的史記裏

・一九七九年十二月八日臺北
・一九八〇年一月二十五日《詩人》季刊十四期

流光

飄搖在原野上的
黃色的野菊
瞬間成爲晚夜
亮在陰黯溪流上
熠耀的螢火

游動於溪流中的
寒涼的星光
眨眼化作清晨
隱在微曦原野中
閃爍的露珠

・一九八〇年三月十四日臺北
・一九八一年三月一日《楓城書訊》十三期

卷三

立場

「立場」收二十一首十行詩作，如〈嘆息〉的憂慮、〈寒流〉的見解、〈污點〉的矛盾、〈形象〉的嘲諷、〈立場〉的言說、〈本質〉的探討……等詩，均已轉入對於現實生活中人的定位的反省，語言生活化，而以思想概念為其枝幹。

寫作技巧「賦比興」三者混用，出入自如，在十行中展示了人的基本課題。

這是向陽十行試驗的成熟之作。

如果忘掉不同路向，我會答覆你
人類雙腳所踏，都是故鄉

白鷺

雙手張開，即是天地
小至小於幽然一羽，大至大於
廓然宇宙，在我們相惜的眸中
白露是愛，因陽光閃爍
而使周圍的枝葉也亮麗了

暫駐的小站，棲此旅次
萬物俱去，獨留你我相伴
澄藍寂靜的天空
若能舉翅雙飛
便烏雲狂風疾雨也無需畏懼

・一九八一年九月十八日南松山
・一九八一年十月二日「臺灣副刊」

涓流

只是一滴。一滴
微細而飽滿的水珠
漸漸凝聚。凝聚
牽繫而活潑的衝力
對久遠旅程唱一世清歌

只是一群。一群
合心且協力的水流
緩緩行過。行過
平順且突兀的河床
向坎坷路途叩寬廣海域

・一九八二年三月二十七日凌晨南松山
・一九八二年四月《涓流》詩刊第二期

村景

蘆花在北風刷洗下
白了鬢髮，而悠悠流逝的
潺湲不息的溪水啊，刷洗著
苔石；水湄或蹲或站的婦女
也在晨曦中默默刷洗著青春

在晨曦中，小村漾盪著澄黃的
光與色澤，嬰孩偎在浣衣的
母親的背上睡著了，而此起彼落的
搗衣的水聲啊，聽到的只有
籃中的衣服，上游的白鵝

・一九八二年十二月二日南松山
・一九八三年一月十二日「中華副刊」

春秋

一粒種籽掉落在泥土中
呵——不是掉落，是紮種
是把愛和希望紮種在花壟裏
那孤獨的形影如今隱沒著
明天要爲大地帶來春的訊息

在更令人期待的下一個明天
一粒種籽——發芽成長茁壯
啊一粒種籽，不，一株
枝繁葉茂的綠樹，要我們仰目
澄黃的富貴的，秋的果實

・一九八三年六月十九日臺北
・一九八三年七月一日「春秋」副刊

淚痕

像雨點攀著窗玻璃一般
不忍遽去——孩子的眼淚
在蘋果紅的頰上逗留住了
自淺灰色的臥室的角落裏
等著媽媽用疼惜的手溫去擦拭

像黯藍天空中的一顆星
孤獨地撐著宇宙——眼淚
被塵煙瀰漫的城市遺忘了
只有風雨交襲的晚上
才教人懷念昨夜窗間的一絲光痕

・一九八三年十二月二十九日南松山
・一九八四年四月七日「中華副刊」

歎息

花草與樹葉爭辯正義的時候
溪水和沙石切磋眞理的時候
狂風及暴雨宣揚信念的時候
用最泥濘的臉色，道路
將歎息丟給還在喧譁的山谷

從被蠹蟲蛀蝕過的書冊
從被廢水浸蝕過的稻禾
從被砲彈噬蝕過的殘壁
以最深沈的分貝，世界
把歎息傳給已經聾聵的人類

・一九八三年十二月二十九日南松山
・一九八四年四月二十三日「人間」副刊
・一九八五年十二月《創世紀》詩刊六十七期「小詩精選」

額紋

——給媽媽

在時光與家事不斷的洗染下
您的頭髮從黑洗到白，從白
又染成了灰，一如錯落的蘆葦
髮浪一年一年逐漸後退
留下一道一道深陷的紋理

在您曾經舒坦飽滿的額上
我在那紋理中站立起來
從春到秋，從玫瑰豔的清晨
到梅蕊香的黃昏——面對您的額紋
我讀不完大地的包容與隱忍

・一九八四年三月一日南松山
・一九八四年三月十四日《時報周刊》別冊三一六期
・一九九〇年選入《新世代詩人大系》（簡政珍・林燿德編／書林出版）
・一九九八年選入《新世代詩人精選集》（簡政珍等編／書林出版）

耳語

——給太太

每個早晨妳在我耳邊喚我
起床、上班、吃早飯
每個晚上妳在我耳邊叫我
洗澡、做事、該睡了
流水般的我們各自擁有生活的河床

今天黃昏回家進門，妳在我耳邊
低聲說了一句，頓時波濤洶湧
沖潰了我們殘存而脆弱的隄防
激動地，我擁住羞怯的妳
流水般的我們將共同衛護結晶的愛

・一九八四年三月一日南松山
・一九八四年三月十四日《時報周刊》別冊三一六期

鼻息
——給女兒

有時妳用呼嚕的鼾聲回答爸爸
問詢的眼光，有時用一起一伏的
呼吸，撥開了媽媽臉上的陰雲
有時以哭號，妳拉緊了爸媽的疑慮
有時用囈語，妳讓爸媽傳遞出笑意

在狹窄的床中，妳該也有寬廣的
天地，藉著風雨、雷電來表達
鼻息。已入而立之年的爸爸
背對著窗外早春寒流中的微風細雨
流連地傾聽妳：打鼾呼吸哭號囈語

・一九八四年三月一日南松山
・一九八四年三月十四日《時報周刊》別冊三一六期

寒流

有人與我爭執，關於民謠史的
演變，主張某些歌謠根本是
殘花，應該從園中徹底清除
他的意見是對的。寒風來時
凡虛假與脆弱的總會背枝離葉

背枝離葉是事實，我們親眼
目見，很多花豔麗於瞬間
飄零呢，在永遠。他的意見
冷酷如寒流，可能風行於瞬間
卻昧於永遠——關於史的演變

·一九八四年三月二日南松山
·一九八四年三月十五日「聯合副刊」

制服

他們穿著一致的服裝，擺盪
一致的手臂，邁出一致的步伐
走在春草茸茸的路上，滿意地
把眉毛、嘴脣、肩膀靠攏成
水平線——仔細丈量沈靜的野原

甚至連風也不敢咳嗽。他們
砍伐了自高自大的樹木，修剪
枝葉分歧的花草，最後一致
仰首搖頭——身爲地上的園丁
當然制服不了空中幻化的雲朵

・一九八四年三月四日南松山
・一九八四年三月十三日「臺灣時報副刊」
・一九八四年十一月日本《地球》詩刊八十三期「世界現代詩選」（陳千武日譯／胡品清英譯）
・一九八五年八月收入*"My Cares"*（向陽英文詩集）
・二〇〇一年選入*"Frontier Taiwan: An Anthology of Modern Chinese Poetry"*（馬悅然等編／Columbia University Press）
・二〇〇一年選入《二十世紀台灣詩選》（馬悅然等編／麥田出版）

污點

寫在宣紙上和落入清水中的
墨，可能都來自同一個瓶裏
只是一滴——由於際遇造化
各自不同，通過相同的空間
而演繹出了截然兩異的一生

所謂污點，大概是墨所始料
未及。在賦予紙生命與宣布
水死亡之間，墨其實也無法
自主——決定榮耀或羞辱的
是在墨黑處左右爲難的價值

・一九八四年三月六日南松山
・一九八四年三月十九日「臺灣副刊」

形象

他站在人群之前大聲頌揚
愛與理想，聲稱凡自私獲利的
必遭眾人以眼白、唾液擊傷
一大群鴿子呼應著，在廣場上
爭相啄食撒落於地的米糧

有人摯切地問他奉獻以及形象
他沈痛而有力，指向時間的長廊
凡拋開肉身的，都已進入涅槃
至於顏面的修護，要盡一切力量
即使破人內戶，也勿揭己外窗

・一九八四年三月八日南松山
・一九八四年三月三十日中國時報「美洲版副刊」

藤蔓

起先是依順，在被禁錮的井底
一株藤蔓，屈身於暗鬱的角落
任隨陰濕的水露侵襲——仰首
是一丁點光線，遠遠地懸掛著
井緣劃出來，藍而幽冷的天空

伸展手腳，藤蔓要掙脫古井的
鎖鍊——捶擊推撞攀爬，最後
逃離了無可救贖的井，萎枯地
躺下來，在井外漸弱的微光中
野雀一會兒飛臨，一會兒飛逝

・一九八四年三月十日南松山
・一九八四年四月六日「臺灣時報副刊」

偏見

在粗率的一瞥中
柳橙穿上了橘子的外衣
鹽巴闖入了砂糖的屋邸
蔥花潛進了大蒜的戶籍
雨滴，矇混在眼淚的行列裏

或者由成見開始
把白馬從馬群中驅逐出境
把花鹿硬是安上馬的名姓
把馬說成驢和騾子的私生
把恨，當做唯一的愛情

・一九八四年三月二十三日南松山
・一九八四年五月二十九日「臺灣時報副刊」
・一九八五年九月韓國《竹筍》詩刊十九輯「臺灣現代詩二十五人選」（李潤守韓譯）

立場

你問我立場，沈默地
我望著天空的飛鳥而拒絕
答腔，在人群中我們一樣
呼吸空氣，喜樂或者哀傷
站著，且在同一塊土地上

不一樣的是眼光，我們
同時目睹馬路兩旁，眾多
腳步來來往往。如果忘掉
不同路向，我會答覆你
人類雙腳所踏，都是故鄉

・一九八四年三月二十四日南松山
・一九八四年六月二十二日「聯合副刊」
・一九八七年選入《現代台灣文學史》（白少帆等編／遼寧大學出版社）
・一九八九年選入《台灣現代詩四十家》（非馬編／北京人民文學出版社）
・一九八九年選入《台灣新詩發展史》（古繼堂／人民文學出版社）
・一九九一年選入《台灣青年詩選》（張默等編／北京人民文學）
・一九九五年選入《新詩三百首（一九一七—一九九五）》（張默・蕭蕭編／九歌）
・一九九九年選入《高中國文》教科書第一冊（董金裕等編／康熙圖書）
・二〇〇〇年選入《大專國文選（三）》（林于弘編著／台灣戲曲專科學校）
・二〇〇一年選入《高中國文》教科書第四冊（楊振良等編／南一書局）

盆栽

做爲盆栽，他已覺頗爲滿意
在方圓有限的盆裏，他擁有
自己的領域，擁有陽光、水
以及空氣。且較諸同儕幸運
爲無懼於戶外的風雨他竊喜

站在被保護的窗緣，他謳歌
廣邈無邊的天地，讚頌風暴
雷電之壯麗。而對於被摧折
遍地的花草樹木則嗤之以鼻
較諸粗俗，他寧取盆中長綠

・一九八四年三月二十六日南松山
・一九八四年四月十七日「臺灣副刊」
・一九八九年選入《現代中國詩選》（楊牧・鄭樹森編／洪範）
・一九八九年選入《台灣現代詩四十家》（非馬編／北京人民文學出版社）
・一九九一年選入《台灣現代詩選》（非馬編／香港文藝風出版社）
・二〇〇〇年選入德文版《台灣詩選：鳳凰木》（廖天琪等譯／projekt verlag）

塵灰

翻開已經泛黃的報紙，在圖書館
冷靜的角落，牆外是嘈雜的市聲
只有夕陽探照燈一樣地，把光源
從高懸的窗口拋下來，漠然停在
某年某月某日多灰塵的三版上面

一大串姓名，因陽光照射而浮現
他們病故高陸遭殺受辱行善作姦
以不同的臉顏，湧入同樣的版面
多年後的今日，在鼎沸的市聲中
我拂開塵灰，夕陽西逝猶如昨天

・一九八四年三月二十六日南松山
・一九八四年五月七日「聯合副刊」

本質

他們分別站在原野兩端
爭論，關於樹木與花草的
比較文學——有人強調
花草宜其怒放，有人主張
種頑強之樹以護持水土

原野廣闊，一句話也沒說
有人衝動地砍了樹，有人
生氣地毀了花，然後
各自抱著信念散了，留下
遍地花木讓原野來收拾

・一九八四年三月二十七日南松山
・一九八四年五月七日「中華副刊」
・一九八四年十一月日本《地球》詩刊八十三期「世界現代詩選」（陳千武日譯／胡品清英譯）
・二〇〇〇年選入德文版《台灣詩選：鳳凰木》（廖天琪等譯／projekt verlag）

角色

幕啓時他已站好在臺上
無涯際的黑把光線極力壓低
在臺下，全場觀眾昂首
屛住呼吸，以崇拜聆聽
幻影爲他的肢體傳遞完美的訊息

突然一道燈光，緊跟著一聲
忍不住的咳嗽，強烈打在他
俯下而瘦削的臉上，黯然轉身
他把遲到的光拋給舞臺，以空虛
把錯愕送給不知應否鼓掌的影迷

・一九八四年三月二十八日南松山
・一九八四年四月十六日「晨鐘」副刊

觀念

用廣角鏡來統攝偉岸的山林
藉特寫鏡以突出纖柔的枝葉
相同景觀，在不同的管道中
可以是濃雲，也可以是薄霧
拋棄鏡頭，天地才活在眼裏

足跡堆疊著，爲了攀上頂峰
雙手交握著，爲了聯成山嶺
不同景觀，出自相異的心境
依賴隄岸護衛，水做了溪流
無懼河川沖激，水成爲大海

・一九八四年三月三十一日南松山
・一九八四年六月十四日「人間」副刊
・一九八四年十一月日本《地球》詩刊八十三期「世界現代詩選」（陳千武日譯／胡品清英譯）
・一九八五年八月收入"*My Cares*"（向陽英文詩集）

後記：「十行」心路

向陽

一九八〇年四月我出版第二本詩集《種籽》以來，匆匆四個年頭過去了。四年以降的今天，同樣也是清明與穀雨之間的一個晚上、面對著編妥的詩集《十行集》，已沒有當初興奮中夾雜著惶恐的心情，而是在陪著我度過五年夜讀旅程的燈下，感到七分惶愧、二分焦躁，以及剩下的一丁點自我肯定的喜悅……

四年來在生活中學習的經驗，猶似小舟過大湖，船過水無痕。歲月徒增，而愈覺閱歷不足，特別是在我以之為一生職志的詩創作上，更是萎縮。這四年中，彷佛觸了礁似的，忽然沒有強烈的寫詩慾望和衝動，即使偶或提筆，也率成殘篇，不忍卒讀。

反省起來，這種詩創作的停滯，當然很可以歸之於自己初入社會，有待學習者太多，在生活的壓力下，也的確無閑無隙可以提筆。然而真正的原因卻是——身為一個剛剛摸索到詩的門徑的人，我在生活之中，發現了自己的淺薄——我仍需要全心學習，學習無涯無際的生活，面對毫無止境、創作所需的不斷的突破。

因此我幾乎處於停筆的空茫狀態。四年來，從卡片公司的文案人員，而時報周刊的編輯，到處理自立副刊的編務，日子在繁忙中逝去，責任卻以日形沉重的肩擔壓來。與深奧而變幻莫測的生活比較起來，詩的想像顯得特別脆弱、乏力——我只能在偶爾喘一口氣之餘，努力運用乏力的詩，來承負生活的重荷。

雖然如此，詩畢竟還是以其脆弱的骨架反證了我的貧瘠，四年後的今天，這種感覺尤其強烈。翻閱躺在桌上的詩作筆記，我發現一九八〇年整年中自己只寫了六首詩，一九八一年九首，一九八二年十五首，一九八三年八首，一九八四年至今年四月十八首。詩創作量的由繁入稀，再由少漸多，似乎與我的進入生活軌道成正比。而在這四年合計五十六首作品中，佔百分之五十弱的，又是篇幅最小的「十行詩」（二十二首），可見得在生活重壓下，我所能與其抗衡的，竟是靈光閃逝的「十行」小詩——我的惶愧與焦躁，泰半源自於此。

然而喜悅，即使微渺，畢竟還是存在的。在新詩發展的歷程中，身為一個尚在起跑線上的卒子，我幸而擁有了自己堅持的形貌；在繼踵前賢、力求超越的自期下，我也幸而找到了自己的跑道——這本《十行集》即是我用力甚多的一個跑道。相對於我的另一個跑道「方言詩」對於現實的臺灣的刻繪，《十行集》是我在詩途上顛沛傍徨後對於文化的中國的追尋。

而這個追尋，必須追溯我與詩接觸的淵源——

我初接觸詩，是在六十年代臺灣典型的農村中。那時我剛上國校三年級，家中開店賣茶葉、書籍文具及雜貨，由於取閱方便，開始了我的課外閱讀。當時我找到一本編印粗糙的《唐詩三百首》，查字典選易念、能感、而不見得明瞭的詩，背一首算一首地，滿足了那種「兒歌式」琅琅上口的喜悅；到了五年級以後，接觸到徐志摩、朱自清，既熟習矣，便也開始模倣徐朱的寫法，寫起新詩來了；上初二時，異想天開，在課堂上抄錄《離騷》，起首「帝高陽之苗裔兮，朕皇考曰伯庸」就完全不懂，只是因為迷於屈原的詭麗含悲的詩句，以及那種音韻起伏抑揚的美而喜愛。就在這種全憑感覺的喜愛中，我與詩結了緣。

真正與「現代詩」邂逅，我已是高二，在鎮上的書店買到余光中的《蓮的聯想》、瘂弦的《深淵》、洛夫的《無岸之河》、鄭愁予的詩選以及羅門、覃子豪的詩論，並且立刻沈迷於現代詩的魅力中，雖然還是有很多「看不懂」的詩，但是對於現代詩那種驅策語言的奇特方式，卻頗為眩迷，從此開始了「臨摹」現代詩的旅程。

一直到我北上念書，在大二以前，無論是傳統詩或現代詩，詩之吸引我，就是在於音韻、節奏及文字等質素的魅力之上。念來順耳的，讀來順心的，或者雖有逆事實卻能滿足想像的詩，都能給我以喜悅。順水行舟，連帶地，我提筆寫詩，也就邊念邊想邊寫，邊寫邊「塑造」死不休的「驚人之句」，自己是否真正會心，別人能否了解，則其餘事也。

這個階段大約經過一年，不知不覺地，我漸漸發現自己的詩只是「練習曲」，除了閃爍的語言、莫名的意象，以及滿足自己的眩奇之外，了無意義。儘管「詩」中水火激迸、明暗相侵，然而肆馬無策、縱流缺隄，即使真是從誠摯出發，也只是雜亂無章的「金句零售店」罷了。

大三那年，我開始反省、追索自己的詩的真正形貌。從模倣開始的路子，絕對不是一個人的真我；尋求真我，使自己脫離花草寄生於樹幹上的命運，已經成為我繼續創作的必要。於是我從兩個方向上，開始試圖建立自己在詩創作上的座標。

一九七六年年初，向我所來自的鄉土，我嘗試使用母語、挖掘昔日生活的題材，寫下一系列方言詩「家譜」，並把此一嘗試列為自己向現實臺灣紮根的起步；一九七六年春初，向我所心懷的文化，我嘗試自鑄格律，建立新詩形式，寫下十行詩〈小站〉，並把此一嘗試懸為自己向文化中國開花的目標——彷彿座標，定下了X軸與Y軸之後，我總算找到了創作的方位。

特別是在「十行詩」體的建立上，我的確花了不少心血。我先是重新走回傳統詩的殿堂，不是去懺悔或叩拜，而是去我尋、去究問：那些輝耀在文學史上、傳誦於大眾口中的詩作，到底憑什麼感動人的心靈，靠什麼使人樂於接近？從楚辭、詩經，到漢賦、唐詩、宋詞、元曲，一路下來，他們一樣注重意象、一樣富有奇拔的詩想、一樣講究詩的種種質素。但與現代詩不一樣的是，他們擁有經過創造而後定形的格律。他們使用了自足的形式，巧妙地承載了詩人創造的意象、豐富的心靈，因而吸引了讀者，並使讀者易於誦讀、欣賞、辨識乃至於習作。

當然，形式未必全是使詩作廣受接受的唯一因素，甚至可能成為詩想的羈絆——但是完全放棄形式，詩人真能自我控制，「行於當行，止於不能不止」嗎？答案是悲觀的；而對詩的讀者來說，二首不拘形式的現代詩並置時，誰能判別詩的好壞？答案可能真是「在茫茫的風裏」。就現階段的現代詩而言，所謂「困境」就如此產生了，先不論詩想的寬廣或窄仄，前者使詩學成為「私學」，詩的傳承全賴獨出心裁、各耍花招；後者使讀者成為「詩盲」，無法分辨良窳，甚至從此棄絕。

做此反省時，還是大三學生的我，考慮詩想與形式的兩難，要找出真正適合現階段現代詩的自足形式何嘗簡單？然而，詩人之可貴，豈不在於他能以最佳形式承載深刻的思想、馭繁於簡的意象嗎？如果詩人不能在最狹窄的形式空間裏，處理最廣闊的詩想境界，則其可貴何在？——當時二十一歲的我，為此而困擾著：是選擇給詩想找麻煩的形式好呢？或者選擇讓詩漫無節制的「無羈的詩想」？

我沒有就此打住，並且開始試驗「自鑄格律」的可能。我的決定狠簡單，如果失敗，最少是一種自我磨練；如果成功，自然可以蔚成風氣。剛開始，我的試驗也很簡單，我選取了較常見的「固定行數成節、固定節數成篇」的方式。初期大約以每篇四節、每節四或五行為常用。以每首詩四節為要求，其實也正是對於詩想的自我冶煉與棄取。詩想如果有十分，經過形式的裁定，可能只可用其五分。猶如裁衣，詩想單純者，五分可以使之精粹；詩想繁複者，五分可以汰其蕪雜。由此看來，反形式主義者所謂「削足適履」之虞是不可能發生的，因為詩怕的是沒有詩想，詩不怕詩想的再壓縮與冶煉。

當時，我甚至對部分詩作採取了「起、承、轉、合」的老架構來處理。詩想有起，則需順承，以使之充分；順承既畢，則需轉益，以求其周延；轉益之餘，然後收合，以使和諧——這種過程，於文章脈絡是必然的；於詩，特別是被譏為「有佳句而無佳篇」的現代詩，實則也大有可取。就詩而言，從起承（正）到轉（反）而合，通過伸延、壓縮的矛盾處理，再求其照映和諧，也確與詩學吻合。其優點，對現代詩來說，正可以改善漫無節制之弊；而其缺點則是，對寫詩人而言，在重重節制中，必需花費更多精神與才力始克完篇。

通過如此類似絕句、律詩的「節律」訓練後，一九七六年三月，我寫下了第一篇由「節律」衍化出的十行詩作〈小站〉十行（在此之前，一九七四年有偶得〈聽雨〉十行），針對客旅思鄉之情，我採取正反相逼的方式，以起承為正，轉合為反，來呈現鄉愁的無奈，以及人世逆旅的情境。

為說明方便，先將〈小站〉十行全詩抄錄如下：

彷彿還是去年秋天

被雨打濕了金黃羽翼的
故鄉的銀杏林下，那朵
畏縮地站在一抹陰翳蒼茫中
鮮紅的，小花？

透過今春異地黃昏的車窗
望去：一隻鷺鷥
　　舞動著灰白的雙翅
　　　　在緋麗的晚雲裏，翩翩
飛逸！

這首詩採取前虛後實的兩個鏡頭，加以疊合，產生強烈對比的情境。前節之虛（車中人心中映現的是「去年秋天」所見）與後節之實（車中人「今春異地黃昏」眼前所見）相映相照，在形異而質合的畫面交溶中，表達出人生逆旅的心驚。

前節追憶虛景，以「彷彿還是」虛起，以如今已不可能存在的「小花」虛承；

後節描述實景，以「透過今春異地黃昏的車窗」實轉，再藉與小花之逝去質同的「飛逸」的鷺鷥實合。雖只十行，結構上已能周延，而意象之對應、時空之交錯，也都還算能準確掌握，加上其中「羽翼」、「陰翳」、「雙翅」、「翩翩」等語詞的使用，通篇所力求表達的飄零感似乎就更形浮凸了。

這首〈小站〉十行的嘗試，給了我很大的鼓勵，也建立了我追求新詩格律之可能的基本信心，最少是證明了詩想與形式的可以不相衝突。於是我決心朝向「十行詩」體的創作集中火力，進一步實驗。

從一九七六年三月寫下〈小站〉十行，到一九八四年三月寫〈觀念〉十行為止，我一共寫了七十一首十行詩，加上一九七四年〈聽雨〉十行舊作，十年時光中，合得七十二首，全部編列於這本《十行集》中，分為卷一「小站」（計廿三首，選錄至一九七七年作品）、卷二「草根」（計廿八首，選錄至一九八〇年作品）、卷三「立場」（計廿一首，選錄至一九八四年三月作品）。由其寫作時間與編排順序來看，這三卷詩作，其實分別象徵了我在「十行詩」體實驗過程中的不同心境，也可見即使在同一種固定的形式之下，不同的技巧、精神與境界是一樣可以有所發揮，不因形式而使詩想受到絕對的制裁。

就卷一「小站」所收的廿三首十行而言，如〈小站〉懷鄉、〈懷人〉念舊、〈窗盼〉寫情、〈未歸〉寫閨怨、〈晴雨〉描景、〈山月〉抒愛……，大抵偏向於小我之情的流露，語言濃稠，琢磨較甚，使用技巧或「比」或「興」，頗近「小令」，以短短十行，寫小我一念、幻暫一景，的確聊能承載。卷中所錄七年前詩作，如今讀之，雖屬少作，卻也代表了純潔年輕的心境。

卷二「草根」所收的廿八首十行，正巧是我服役於陸軍工兵階役心境上的蛻變期，如〈飛鳥〉的高曠、〈森林〉的直拗、〈原野〉的寬闊、〈草根〉的強韌、〈風燈〉的執著、〈種籽〉的追尋、〈痕傷〉的現實……等，傾向於對大我之情的探究，語言放淡，而情境轉深，使用技巧以「賦」為多，層面大有開拓。雖然，以有限十行，試寫無限天地，似乎仍力有未逮，但無疑已為「十行詩」體此一形式的負載量增強了其可行性。

卷三「立場」所收的廿一首十行，係四年來我在初涉現實生活後所作，又特別集中於晚近時期。如〈歎息〉的憂慮、〈寒流〉的見解、〈污點〉的矛盾、〈形象〉的嘲諷、〈立場〉的言說、〈本質〉的探討、〈觀念〉的釐清……等，均已轉入對於現實生活中人的定位的反省，語言生活化，而以思想觀念為其枝幹，使用技巧「賦比興」三者交互運作，略可出入自如，在十行之中，展示了人的基本問題。有些詩作難免概念化，然則做為詩，在十行的機械形式中，得以負載的多變幻的內容至此又充實了許多。

這三卷詩作自然也顯示了我的成長心路，和我的聞見思慮。從〈小站〉的單純詠歎、雕琢意象，而〈草根〉的環境磨練、心志長成，以迄於〈立場〉的體驗生活、選擇位置，這三卷十行詩作無疑就是我的詩生活的全面紀錄。

現在試舉〈草根〉十行與〈立場〉十行，分別說明、比較於後。先舉〈草根〉十行為例：

即使是再莽撞再劇烈的劇掘，
我也會柔曲著體幹忍受。
原不善於面對烈日陰雨的，
你踢走了我藏身的泥沙，
還留我一地石礫灰白……

所以只要晚露在闃闇中降臨，
我便默默伸出觸鬚，覓尋泥土，
從事另一次紮根，艱苦而愉悅的旅行。
如你再度來到，脣角捺著一撇諷嘲，
我歉然還你媚綠的微笑。

同樣是十行詩作，〈草根〉與前舉〈小站〉相互比對，即可明顯地看出，兩者不管在語言或精神上都截然兩異。〈小站〉以象徵的「比」為主，用「小花」與「鷺鷥」的對比來強調今昔之感；〈草根〉則以衍述的「賦」為主，所有語言使用與情境推展，均環繞在主題之上，物我交溶，「草根」可以是草根，也可以是「我」，精神的強調使這首詩的韌度增強，自然完全不同於「小站」的茫漠無奈。在寫作方式上，本詩仍採「反、合」方式，前段以「反」起承，後段藉「合」轉合，詩的結構適足以櫬托內容及精神上所重的不可擊潰的韌力。

但同樣也是十行，第三個階段的〈立場〉則又異於〈小站〉和〈草根〉。如果說〈小站〉是對人世逆旅的無奈，〈草根〉則是對環境擊打的抗禦，而〈立場〉既不在無奈上做文章，也不在抗禦上求表現，它所要展示的，是對於人生行路的肯定。茲舉全詩說明：

你問我立場，沈默地
我望著天空的飛鳥而拒絕
答腔，在人群中我們一樣
呼吸空氣，喜樂或者哀傷
站著，且在同一塊土地上

不一樣的是眼光，我們
同時目睹馬路兩旁，眾多
腳步來來往往。如果忘掉
不同路向，我會答覆你
人類雙腳所踏，都是故鄉

這首詩揚棄了前期十行的字句雕琢，以生活化的語言、素材，通過「賦比興」三種詩法的交揉運用，觸及最終的主題——人類與土地的愛，不因相互路向的異同而有所歧異。以「天空的飛鳥」不用為路向困擾，來反諷人的拘泥於路線之爭：以「在同一塊土地上」來正面説明人的一切試探最後都是生活的大地的果實，最後合於「人類雙腳所踏都是故鄉」的歸屬感。詩的結構由「問」起，至「答覆」止，意象單純，而詩旨也頗明朗，是我現階段在詩創作上努力追求的境界。

但如此的「十行詩」體的創作、在浩瀚的詩的天地中，畢竟還是非常渺小的起步。由「自鑄格律」、自我訓練開始，到嘗試以十行寫天地的理想，事實上我仍需加倍努力、漸進發展。一種形式的不滅，不只在於其形式自足，也需要此一形式力能負載任何可能。起於抒情，通過寫景、言志，在「十行詩」體創作上，不足之處尚有許多，特別在內容的議事論道上，在詩品的雄渾、沖淡、高古、豪放、實境、曠達上，均仍有待墾拓。以「十行詩」體的可能負載，為現代詩找尋一條可行的形式之路，這的確是我所熱切的期望！

從而，做為我「十行詩」體嘗試與努力的第一本詩集，這本《十行集》也同樣地負載著這種心情。以十年時光寫七十二首小詩，何其薄弱，卻又何其鄭重——薄弱的是在創作量上，平均一年只得七首十行詩作，實在慚愧！尤其本書前二卷過去曾以分輯的方式，出現在我的第一本詩集《銀杏的仰望》（已絕版）及第二本詩集《種籽》之中，四年來的新作則收錄於本書卷三，對於曾買過我前兩本詩集的讀者，實嫌不敬！

然而，以最鄭重的心情，我對於這本收錄我十年來「十行詩」體創作的《十行集》卻懷抱著最大的重視，因為它不只是我「十行詩」的集體演出，同時也是我心目中真正的第一本詩集。我期望它受到愛詩的朋友愛藏，也期望透過它的普及，有更多的朋友為現代詩形式的建立一起來試探、一起來找尋！

感謝詩人余光中先生二年前向九歌出版社推薦出版我的詩集，感謝小說家蔡文甫先生二年來不斷的鼓勵與期許，感謝詩評家蕭蕭兄為本書作序。

最後要感謝您——擁有《十行集》的讀者。

——一九八四年四月八日南松山

集外集

賞析〈心事〉

洛夫

心事

浮雲把陰霾的顏面埋入
迴映碧樹蒼空的小湖
小湖又把圈圈圈不住的皺紋
隨風交給游魚去處理了
所謂心事是楊柳繞著小湖徘徊
逝去的昨夜挽留著將來的明天

落葉則在霧靄裏翩翩飄墜
而悲哀與喜樂永遠如此沈默
只教湖上橋的倒影攔下
倒影裏魚和葉相見的驚訝

所謂「心事」，通常是一個人深藏內心不便言宣的隱祕，既不能明示其隱，又希望借助某些事物來透露一點消息。處理這類作品的確是詩人的一大挑戰，但如表現得恰如其分，就成了詩中的神品。詩人必須使這種髣髴的情意表現得若隱若現，明知有什麼在那裏，但伸手又抓不到。這就是那種既得眞昧而又不落言詮的詩。李白的〈玉階怨〉：「玉階生白露，夜久侵羅襪，卻下水晶簾，玲瓏望秋月。」正是這種表現的最高手法。

〈心事〉十行也是這類富於暗示的詩，它暗示的情感相當曖昧。論意象，無不具體鮮活，景物歷歷如在目前；論含義，似乎又飄忽不定，難以確切掌握。總之，這裏面是一個從有盡到無窮，絮絮其言，欲說還休的境界。首先出現於讀者眼前的是一個映著碧樹蒼空的小湖，湖面飄過一片浮雲，這片浮雲與「浮雲遊子意」所表現的那種空廓閒散的感覺不同，這裏暗示的是作者陰鬱的心境。這時，湖面漾起一圈圈皺紋（漣漪），皺紋何來？顯然是因想心事而蹙眉的結果。一圈又一圈，圈圈圈不住，漣漪在不斷向外擴展，足證心事重重。想著想著，一群游魚無端撞來，把已亂的心緒攪得更亂了。究竟什麼是詩人的心事？詩人直認：「是楊柳繞著小湖徘徊」。這一答案看似有點顧左右而言他，亦如李後主詞：「問君能有幾多愁？恰似一江春水向東流」一樣逞其禪悟的機鋒，其實這句詩表面寫的雖是湖畔遍植楊柳的實景，骨子裏卻暗指作者那分落寞而無奈的心境，恰切做到了情與景的疊合。

湖面的漣漪因何而生？消息原來埋伏在第二節的「落葉則在霧靄裏翩翩飄墜」中。落葉飄墜無聲，又點出了作者沈默的悲喜交織的心緒。水面落葉隨風漂盪，漂到橋邊然後被橋的倒影攔住，這時適逢游魚出水，撞到落葉，彼此居然在這裏邂逅，不免爲之一驚。這眞是石破天驚的一「驚」，不但驚醒了繞湖徘徊、遐思出神的作者，也驚醒了沈迷在這首詩如眞如幻的夢境中的讀者。

這首詩也許是即興之作，也許另有所寄，但根據詩中出現的事物和安排的景象，尤其是「楊柳繞著小湖徘徊」，我們或許可意會到，作者寫的乃是離別之情，因爲不僅「楊柳」在中國文學中一向爲「離別」的象徵，而且第二節中的詩多意象和情境，諸如「逝去的昨夜」、「將來的明天」、「落葉的飄墜」、「沈默中的悲哀與喜樂」、「湖上橋的倒影」、「倒影裏魚和葉的相撞」等，在在都暗示出作者期待重逢的心情。這一別離也許只是小別，但對一位初戀或熱戀中的情人而言，即使數日之別也不免忐忑不安，患得患失，這分情緒就足以支持他寫一首宣洩心事的「十行」了。故我認爲，基本上這是一首情詩。

這首詩之傑出非凡，即在情與景之契合，意與象之貼切，寫盡了作者由沈鬱而無奈，由無奈而悲喜交集，由悲喜交集而怵然一驚的各種心境的變化。除第二節中「逝去的昨夜挽留著將來的明天」一句費解外，整首詩在表現上可稱完美無缺。

——節錄自洛夫詩論集《孤寂中的迴響》（一九八一年東大圖書公司）

導讀〈未歸〉

張漢良

未歸

——閨怨之一

餘暉已緩緩將布坊的流漿染成
一片驚心，閣樓上許多機杼
碌碌織著窗頭暗啞的斜陽
水聲潺潺，前年夏天
雀鳥在簷下走失且忘記窗的招喚

自從去冬下廚總記得用雪花
當做調味的鹽巴，每道菜
都標出鞋的里程與風的級數
枯葉打今秋便簌簌地落下
或者花仍要到明春方纔綻放

向陽近兩年崛起詩壇，詩與散文皆甚可觀。作者感覺纖細，舊文學頗有涉獵，取材寬廣，語言亦有鍛鍊，他日當有大成。

〈未歸——閨怨之一〉爲傳統閨怨詩奪胎換骨。閨怨詩濫觴於《詩經國風》，漢魏古詩承其體制，歷唐、宋，始終不衰。西方也有此文類的深遠流長傳統，最著名的首推希伯萊聖經的〈雅歌〉。

無論中西，閨怨詩有一些共同的俗成體制。最明顯者便是第一人稱的女性敘述者。雖然後來有其他的嬗變，如〈古詩十九首〉第二的敘述者是全知的第三人稱，大體上如此。否則閨怨詩便無法隸屬抒情詩範疇。

向陽的〈未歸〉雖然沒有明言敘述者的身分，但仔細觀察，這是第一人稱的獨白殆無疑問。作者以淡漠的筆觸，寫周遭的景物，而非直接宣洩感情。首句點出時間與主角的身分：黃昏時分爲人妻的我仍然在織著布。一——三句是極佳對仗，在二句中以逗點分開兩個表達同樣觀念的子句。一句起首「餘暉」對三句末「斜陽」；「布坊的流漿」對「機抒」；「緩緩……染成」對「碌碌織著」。這兩個子句是交錯對位（Chiasmus）的手法。這三句中，最爲驚人之筆是「染成／一片驚心」與「織著窗頭喑啞的斜陽」，兩者皆用了邏輯跳躍，造成極大張力，更寫出妻子的哀怨心境。四、五兩句交代出丈夫離家的時間——前年夏天，「走失」的「雀鳥」作爲丈夫的暗喻。

第二段描述丈夫離家後，妻子居家的寂寞與思念之情。「……用雪花／當做調味的鹽巴」寫淒冷的生活；「每道菜／都標出鞋的里程與風的級數」寫進餐時的思念遊子。末兩行繼續發展時間意象。外在的景物仍然被用作人的寫照，獨守空閨的妻子不就是飄落的枯葉？盼望明春花開亦無非盼望丈夫歸來。

本詩最成功之處便是作者捨「情」不寫，而描繪景物。這些景物全部都是妻子心境的客觀影射。作者執意把第一人稱的「我」去掉，使其感情外延到景物之上。此等暗示手法是寫情最高境界，也正是艾略特所樂道的客觀影射。

本詩極重要的意象之一便是時間，除了開始蕭條的黃昏景象外，夏、冬、秋、春以及伴隨它們的自然意象先後出現，交代出時間的推移，也暗示時序遞邅對人情緒的影響。〈古詩十九首〉所以感人，此爲重要原因。向陽此詩已得傳統閨怨詩眞昧。

——錄自《現代詩導讀》（一九八〇年故鄉出版社）

解說〈種籽〉

楊子潤

種籽

除非毅然離開靠託的美麗花冠
我只能俯聞到枝枒枯萎的聲音
一切溫香、蜂蝶和昔日，都要
隨風飄散。除非拒絕綠葉掩護
我才可以等待泥土爆破的心驚
但擇居山陵便緣慳於野原空曠

棲止海濱，則失落溪澗的洗滌
天與地之間，如是廣闊而狹仄
我飄我飛我蕩，僅爲尋求固定
適合自己，去紮根繁殖的土地

種籽的成熟是花朵生命的結束，然而卻也表示了更多生命即將萌芽成長和茁壯。種籽同時扮演著死與生、毀滅與滋長兩種強烈對比的角色。在這裏，我們很容易聯想起安德烈·紀德「如果一粒麥子不死」中的那顆種麥。

如果說羅青的〈忘星記〉（收於《捉賊記》詩集）是觀望勿忘草從「黑泥中拔躍而起」而得到了生的喜悅；那麼，向陽的〈種籽〉十行則是他以物我合一的心情去體會、領悟生命的眞義原來自死亡。

生的喜悅是大家所樂於分享的，而死的震撼卻不易爲眾人所接受，尤其是「一切溫香、蜂蝶和昔日」更不是一般人所放棄得了的。詩人在前往詩國朝覲的旅途中，不只要忍受孤單和寂寞；對於往昔的足跡、掌聲甚或碑碣更要有自覺性放棄的決心。因此，就如種籽來自花朵，「除非」它「毅然離開靠託的美麗花冠」（首段第一行），那麼就「只能俯聞到枝枒枯萎的聲音」了（第二行）。花朵不過是生命中一個短暫的形象，生的賡續必得拋棄那不實的幻影，一切幻影終必「都要／隨風飄散」！而種籽的熟落，當然要「拒絕綠葉掩護」，然後才能「等待泥土爆破的心驚」！

首段向陽詮釋他對生命承繼的領悟；第二段則表白詩人對於「土地」的意願。天地之間原本浩瀚廣袤，但山水的抉擇不無所憾：「擇居山陵便緣慳野原空曠／棲止海濱，則失落溪澗的洗滌」，山陵與野原、海濱和溪澗，在卜居之時「廣闊」的天地卻變得如此「狹仄」了。世事浮泛、人海滄桑，一粒「種籽」飄飛游蕩不免就帶有無奈和傷感；慶幸的是，詩人在流浪遷徙的時候，依然懷抱著一粒種籽最大的心願——「尋求固定／適合自己，去紮根繁殖的土地」（末兩行）。結尾充滿了肯定而堅毅的語氣。

人貴在能夠自知；而人卻往往闇於自見！不管是否走上文學的路程，唯有能勇敢拋棄「一切溫香、蜂蝶和昔日」的人，才能眞正認識自己、肯定自己，「殺死昨日的我」而創造出另一個更新更燦爛的明天的我。向陽的〈種籽〉十行在吟詠種籽的物性之中，我們不難看出他對詩的眞誠和在詩旅中自我的醒覺！

——錄自《中學白話詩選》（一九八〇年故鄉出版社）

導讀〈立場〉

唐捐

立場

你問我立場，沈默地
我望著天空的飛鳥而拒絕
答腔，在人群中我們一樣
呼吸空氣，喜樂或者哀傷
站著，且在同一塊土地上

不一樣的是眼光，我們
同時目睹馬路兩旁，眾多
腳步來來往往。如果忘掉
不同路向，我會答覆你
人類雙腳所踏，都是故鄉

1 聲響結構的變化

五十年代紀弦在台灣發起現代派運動，反覆申說「自由語的自由詩」的重要性。所謂自由語，係指去除韻文的綑綁，以散文作爲寫詩的工具；所謂自由詩，則指以破除格律的挾持，以隨機布置的方式構成詩篇。這種主張用意在凸顯：詩之所以爲詩，並非來自音節的整齊、詩行的勻稱，而在於內在詩質的堅實。問題是，形式的整齊未必妨礙詩質，有時甚至還有相輔相成的效果。向陽的十行詩，即是在自由詩成爲主流之後，重新「自鑄格律」的試驗。

這首〈立場〉是向陽對於十行詩操作極熟之後的作品，內容不難索解，此處打算專談形式，尤其是分行斷句的技巧。按古典詩只有「句」的概念，現代詩則多了「行」的概念。有時一句折成數行，有時一行兼容數句，沒有固定法則。「句」與「行」的參差變化，使得現代詩的節奏感變化多姿。以此詩爲例，如果盡量求「句」與「行」的統一（使每一行容下完整一小句），則可「還原」排列如下：

你問我立場，
沈默地，我望著天空的飛鳥而拒絕答腔，
在人群中我們一樣呼吸空氣，喜樂或者哀傷，
站著，且在同一塊土地上
不一樣的是眼光，
我們同時目睹馬路兩旁，
眾多腳步來來往往。
如果忘掉不同路向，
我會答覆你人類雙腳所踏，都是故鄉

以上九句都押「尢」韻，實際上這已是經過設計的結果。其中一種設計方法是倒裝，例如第四句若作「且在同一塊土地上站著」，即無法凸出合韻的「上」字。除此之外，字眼的選擇、句式的伸縮，也能增多合韻的機會。然而對詩而言，押韻也許是美德，卻不是什麼至高的美德。韻腳太疏，則字句聯結較弱，有賴更強的內在機制加以維繫；韻腳太密，則有詩意滑易之弊，常會造成固定的期待與反應。於是向陽將這些句子的置入「十行詩」的體製裏，便有兩種明顯的效果：一是讓每行的長度趨於整齊，二是適當隱藏韻腳，將部份韻字調到行中（形成所謂「句中韻」），當然，第三行把原本居於行中的「樣」子，折到行尾，成爲韻腳，這是另一種變化。如此一來，韻字的位置便充滿變化，音響結構乃趨於多元：「場」與「腔」隔空遙遙呼應，「腔」與「樣」同行自諧，「樣」、「傷」、「上」在底部密集串聯，「光」、「旁」、「往」、「向」吊腳懸空，互通聲息，而「鄉」字則有壓陣的效果。十行詩之所以不是「剛好」十行，而是「必得」十行者，正在於具有堅實難移的內在機制。

2 詩意單位的重組

適當的分行斷句，就像電影之分鏡，漫畫之分格，不僅是一種語意單位的劃出，同時也是一種表述方式的建立。詩的意義、音樂性與繪畫性，都可以因此而變化多姿。「沈默地，我望著天空的飛鳥而拒絕答腔」，這是意義完整的一句，但似乎有些冗長，詩人乃將句首三字（沈默地）折入前一行之尾，又將句末二字（答腔）折入下一行之首。如此一來，這一行變成「我望著天空的飛鳥而拒絕」，預備已足，前有所承，語意未完，後有所續，使前後文的聯結自動趨於緊密。這便是所謂「迴行」的技巧。

這種技巧的好處，還在於可以使詩裡的「話語」脫離「句」的羈絆，掙脫固定的語法關係，成爲獨立而靜止的「字句的聚集段」，組構更爲繁複的意義。試截取其間三行爲例：

答腔，在人群中我們一樣
呼吸空氣，喜樂或者哀傷
站著，且在同一塊土地上

第一、「在人群中我們一樣」，可以獨立產生意義，也可以和下一行結合起來，形成更細密的指涉，如果不是通過分行，我們很可能會忽略這種雙重閱讀的趣味。第二，

「喜樂或者哀傷」，可以連接前一行，讀如「我們一樣喜樂或者哀傷」，成為被「一樣」修飾的系列動詞；但也可以連接下一行，讀如「喜樂或者哀傷站著」，成爲修飾「站著」的副詞。第三、「站著」既可連結上一行，亦可與下文合看，視爲「同一塊土地上站著」的倒裝。由此看來，分行斷句確實具有拓寬詩意空間的潛能。

最後，不妨思考一個假設的問題：如果去除這首詩的「格律」成分，還其「自由」，那麼，詩意是否有所損傷？詩語是否有所遜色？思考這個問題，有助於更清楚地認識格律詩的利與弊。以開頭兩句爲例，也許我們可以寫成這樣：

你問我立場（沈默地）
我望著天空的飛鳥（而拒絕答腔）

因爲不考慮格律問題，所以大可盡量求其簡潔，省去「拒絕答腔」這類說明性而且很可能僅有押韻功能的文字（因爲在意義上與「沈默」重覆）。換言之，「自鑄格律」爲「無羈的詩想」披上美麗的外衣，建立堅實的骨架，但有時也帶來些許雜質。所以寫過許多格律詩的戴望舒曾說：「把不是詩的成分從詩裡放逐出去。所謂不是『詩』的成分，我的意思是說，在組織起來時對於詩並非必要的東西。例如通常認爲美麗的辭藻，鏗鏘的音韻等等。」這類言談意在凸顯詩質的獨立價值，有其策略考量。我們知道，在實際創作中，戴望舒的音韻與辭藻還是頗爲出色。這樣說來，格律到底是必要，還是不必要呢？就看善用與否了。

——錄自《幼獅文藝》六〇一期（二〇〇四年一月號）

解讀〈立場〉

向陽

立場

你問我立場，沉默地
我望著天空的飛鳥而拒絕
答腔，在人群中我們一樣
呼吸空氣，喜樂或者哀傷
站著，且在同一塊土地上

不一樣的是眼光，我們
同時目睹馬路兩旁，眾多
腳步來來往往。如果忘掉
不同路向，我會答覆你
人類雙腳所踏，都是故鄉

這首詩寫於八〇年代台灣戒嚴年代，當時的社會和政治均處於紛亂、緊張的階段，所謂「立場」，也因此成爲政治、文化和社會領域當中區辨「敵我」的化約方式，特別是「黨內」、「黨外」，「本土」、「中國」的情意結相激相盪，劃分你我的情況，已然普遍於一般生活之中，知識分子也難自外。

我寫此詩，目的在指出，人類眞正的立場在「雙腳所踏」的土地，而不在左右「不同路向」的路線之分。因此這首詩具有強烈的政治性，屬於政治詩的範疇；但也正因爲如此，這首詩又是反對以政治路線的左右之分來區辨人類的土地之愛的詩。所以，第一段起首就用問答句處理，「你問我立場」（問），「沉默地，／我望著天空的飛鳥而拒絕／答腔」（答），這一問一答之間，其實已經有了初步的答案，那就是「天空的飛鳥」（隱喻天空任鳥飛，自由自在，不受侷限），才是人類應該追求的眞正理想。人類格於缺乏翅膀（隱喻想像），無法拋棄各種束縛，但最少都呼吸一樣的空氣，具有一樣的「喜樂或者哀傷」的感覺，並且「站著，且在同一塊土地上」——這些同質性，使人類無論國籍、髮膚體色、人種、地域，都是一家。換句話說，對飛鳥來說，沒有立場的困擾，因爲飛鳥沒有人爲的束縛；但人類就算有立場，立場也該是「同一塊土地」（地球）。

在第二段，我試圖從「異」的角度進一步討論「立場」，所以一開頭接「不一樣的是眼光」，指涉人類的紛爭和區辯，都緣於「所見不同」，看法有異，因此即使「同時目睹馬路兩旁，眾多／腳步來來往往」，卻會生出左右「兩旁」孰優孰劣、孰是孰非的區別，並因此相互質疑對方「立場」——這就是因爲對達到終點的路向有不同看法，因此出現差異，殊不知這也只是見解（意識形態或觀點）不同，因此有人贊同走右線、有人主張走左線，而有左右路線之分，並非眞正的立場不同。結句因此以「如果忘掉／不同路向，我會答覆你／人類雙腳所踏，都是故鄉」作結。強調眞正的立場，應該是腳下的土地，而非馬路的左右之分。

這首詩的結句「人類雙腳所踏，都是故鄉」也暗藏我的「玄機」。首先，這是呼應第一段「同一塊土地」，表示「人類一家」，沒什麼好分的；其次，雙腳所踏的「故鄉」

可以大到整個地球，也可以縮小到國與家，土地的愛，才是眞正的立場，不愛自己雙腳所踏的土地的人，其實沒有資格談論「立場」；最後，一個人只要愛他雙腳所踏的土地，則處處可以是他的家鄉，即「四海爲家」，「他鄉日久是吾家」。

這就是這首看似白話的詩作的多重寓意。如就形式技巧來看，本詩採取有機的押韻方式：場、腔、樣、傷、上（首段），光、旁、往、向、鄉（次段），依次隔句爲韻腳，配合特殊斷句，形成句中押韻，來造成隔絕（斷句）而又連續（押韻）的情境，與此詩以「問／答」起句的安排，有相互呼應、辯難的趣味。

（摘自向陽〈通往夢想的道路〉，收入李瑞騰編《文學心靈的眞實告白》，中央大學，二〇〇五年三月，頁二〇五—二三〇。）

論《十行集》

林于弘

《十行集》是向陽第一本以類型爲主體的詩集，主要收錄一九七六－一九八四年間的七十二首十行詩（〈聽雨〉作於一九七四年）。詩作共分爲三卷。卷一「小站」選錄至一九七七年爲止的作品，得詩二十三首，除〈問答〉、〈窗簾〉（原題〈血簾〉）、〈楚漢〉這三首之外，其餘都是《銀杏的仰望》中輯四「小站十行」的舊作。卷二「草根」則選錄至一九八〇年的二十八首詩作，大部分內容也與《種籽》輯三「種籽十行」的詩作重複，除了前述三首詩作的改列，另〈流光〉則列此卷末。卷三「立場」選錄至一九八四年的作品，得詩二十一首，這也是詩人對十行形式的最新力作。

《十行集》是依寫作的先後編排，所以，「這三卷詩作，其實也分別象徵了我在『十行詩』體實驗過程中的不同心境，也可見即使在同一種固定的形式之下，不同的技巧、精神與境界是一樣可以有所發揮，不因形式而使詩受到絕對的制裁。」以下，可以舉〈立場〉爲代表。

你問我立場，沉默地
我望著天空的飛鳥而拒絕
答腔，在人群中我們一樣
呼吸空氣，喜樂或者哀傷
站著，且在同一塊土地上

不一樣的是眼光，我們
同時目睹馬路兩旁，眾多
腳步來來往往。如果忘掉
不同路向，我會答覆你
人類雙腳所踏，都是故鄉

向陽曾自行對這首詩加以解釋：「這首詩揚棄了前期十行的字句雕琢，以生活化的語言、素材，通過『賦比興』三種詩法的交揉運用，觸及最終的主題——人類與土地的愛，不因相互路向的異同而有所歧異。以『天空的飛鳥』不用爲路向困擾，來反諷人的拘泥於路線之爭；以『同在一塊土地上』來正面說明人的一切試探最後都是生活的大地的果實，最後合於『人類雙腳所踏都是故鄉』的歸屬感。詩的結構由『問』起，至『答覆』止，意象單純，而詩旨也頗明朗，是我現階段在詩創作上努力追求的境界。」

關於這種「自鑄格律」的開創，向陽曾一路往楚辭、詩經、漢賦、唐詩、宋詞、元曲探詢，當他發現到這些偉大作品的共同特色是：「一樣注重意象，一樣富有奇拔的詩想，一樣講究詩的種種質素。」尤其，他們擁有經過創造而後定形的格律。他們使用了自足的形式，巧妙地承載了詩人創造的意象、豐富的心靈，因而吸引了讀者，並使讀者易於誦讀、欣賞、辨識乃至於習作。

不過形式的建構卻可能利弊相摻，因爲：

形式未必全是使詩作廣受接受的唯一因素，甚至可能成爲詩想的羈絆——但是完全放棄形式，詩人眞能自我控制，「行於當行，止於不能不止」嗎？答案是悲觀的；而對詩的讀者來說，二首不拘形式的現代詩並置時，誰能判別詩的好壞？答案可能眞是「在茫茫的風裡」。就現階段的現代詩而言，所謂「困境」就如此產生了，先不論詩想的寬廣或窄仄，前者使詩學成爲「私學」，詩的傳承全賴獨出心裁、各耍花招；後者使讀者成爲「詩盲」，無法分辨良窳，甚至從此棄絕。

所以這樣的抉擇，勢必要遭受詩想與形式的兩難考量。「然而，詩人之可貴，豈不在於他能以最佳形式承載深刻的思想、馭繁於簡的意象嗎？如果詩人不能在狹窄的形式空間裡，處理最寬闊的詩想境界，則其可貴何在？」是以格律化的追求，也有其崇高理想，只是這種形式能否被普遍認同、廣爲接受，則有待其他相關因素的配合。

《十行集》於二〇〇四年重版新印，文末並新附「《十行集》相關評論介析引得」，收錄文章達三十四篇，可見「十行詩」對於詩壇所引發的討論與迴響。而向陽《十行集》的實驗雖然未見接續者發揚光大，但卻爲隨後的詩人標誌出一個具有意義的里程碑。

〈摘自林于弘〈向陽新詩創作類型論〉，原載《國文學誌》，第十期，二〇〇五年六月，頁三〇三—三二六。原文註腳已刪。〉

本文作者林于弘先生，現任國立台北教育大學教授。

完足的嘗試
——重讀向陽《十行集》

徐錦成

多年前，我曾和一位有志寫詩的友人討論一個問題——不！或許該說是兩個問題吧：現代詩如何再創造一次高峰？年輕詩人如何塑造自己的風格？

我的意見是這樣的：現代詩應該有自己的「格律」，即使這個「格律」是隱性的、柔性的或多元的，因爲有格律的詩比沒格律的詩更容易贏得讀者。而年輕詩人若要獨樹一格，奔放的詩想當然不可少，但剪裁收拾同樣必要，因此最好下工夫先找到屬於自己的詩的格律。

話題大概很快就岔開了，記得當時我並沒向友人舉例證明自己的觀點。但那時候，我心中最好的例子其實就是向陽的《十行集》。

在市面上消失了一陣子的《十行集》，改換封面、版式之後，重新編印出版了。我藉此機會重讀這本書，過程中，腦子裡揮不去的是這樣一個影像：一位年輕詩人爲了日後更長遠的旅程，選擇在初航時「自鑄格律」框限自己豐富的情感與無邊的想像力，要求自己在十行中寫完一首詩。

《十行集》是個成功的嘗試，此書初版至今二十年，掌聲始終不斷，向陽「詩的形式的堅持者」（蕭蕭語）、「遊戲規則的塑造者」（林燿德語）等稱號都與這本詩集關係密切。而這個嘗試也是完足的。可供後人學習，卻又難以超越。

《十行集》中有許多首以「小詩」之名收錄在各式「小詩詩選」中，但必須強調的一點是，雖然論者以爲：「要想學習如何創作白話詩，最佳的鍛鍊是從小詩開始著手。」（羅青語，見《小詩三百首》代序）但向陽研磨《十行集》的十年光陰中，也曾同時淬煉出長達三百餘行的史詩〈霧社〉（收在《歲月》一書）。是故，「十行天地」絕不僅止於年輕詩人的「小詩練習」，更是具有歷史抱負的青年詩人自我節制的苦吟歌聲。

本書附錄有「《十行集》相關評論介析引得」，收錄篇目共三十四筆。相關評論已如此豐富，使我這篇文章難以下筆。但我這次重讀《十行集》，仍有兩處小發現可提出分享。第一，向陽十分愛寫「雨」。有「雨」的句子頗多，而光就篇目看，便計有〈聽雨〉、〈雨落〉、〈晴雨〉、〈流雨〉、〈春雨〉等五首以「雨」爲名。這與詩人的筆名

「向陽」形成趣味的對比。

而向陽對季節流變的敏感也令人印象深刻。〈秋訊〉、〈冬祭〉、〈春雨〉、〈秋辭〉等詩題都與季節有關。張漢良亦曾以〈未歸〉一詩爲例，說明該詩「夏、冬、秋、春以及伴隨它們的自然意象先後出現」，「暗示時序遞嬗對人情緒的影響」（見附錄，導讀〈未歸〉）。無怪乎日後向陽會以二十四節氣爲題，寫出另一本重要詩集《四季》了。

向陽在「新序」〈十行心事〉中，以首篇〈聽雨〉的句子慨嘆這本詩集「是昔日，淅淅瀝瀝呼喊的／聲音」。但我重讀之後迴盪於心的，卻是最後一首〈觀念〉的最末兩行：「依賴隄岸護衛，水做了溪流／無懼河川沖激，水成爲大海」。「隄岸」是那十行的框架，「水」則是詩。當年二十幾歲的詩人，如今中年驀然回首，看見「水成爲大海」，該覺得那十年練劍的歷程功不唐捐吧?!

——原載於二〇〇四年七月二日《中央副刊》

註：本文爲二〇〇四年五月《十行集》重排增訂二版的書評。

本文作者徐錦成先生，現任教於國立高雄應用科技大學文化事業發展系。著有小說集《快樂之家》、《如風往事》等及論著《台灣兒童詩理論批評史》、《鄭清文童話現象研究》。編有《九十二年童話選》、《九十三年童話選》、《九十四年童話選》，台灣棒球小說大展及「童話列車」系列等。

特載

《十行集》有劃時代的意義

周策縱

國際著名紅學家和歷史學家，《五四運動史》著者周策縱教授（一九一六年一月七日—二〇〇七年五月七日）於一九八四年十二月一日寫信給向陽，認為《十行集》的出版具有劃時代的意義，並對「定型新詩體」有殷切期盼。信文如下：

向陽先生：

謝謝你寄來大著《十行集》。這就我看來的確有劃時代的意義。三四十年前我就覺得，「定型新詩體」是新詩人可能發展的一個領域，可是總無法推動優秀的詩人去嘗試。許多人還不能了解，我們要嘗試發展定型詩，並不意味著要全部用定型或不定型的格律詩來取代自由詩，我們中國人太容易落進非此即彼、只有兩個取捨的思想模式了。一九六二年我在紐約的《海外論壇》月刊發表一篇〈定型新詩的提議〉後，有人就在香港一個刊物上非常感情衝動地反對，好像我是在企圖推翻自由新詩一般，眞有點像無的放矢。我那篇文章後來給瘂弦和梅新轉載在他們所編的《詩學》第三輯裡，希望台灣的新詩人們能夠注意到。我那篇文章裡舉的例子五、三「八行體」，格律自然太嚴，我不過是用一個最嚴的例子去說明許多可能的規律，實際上當然還有更多的格律不太嚴的定型詩體，所以我在第二節裡說：「這也可包括一些格律較寬的詩體，所以它發展的範圍可能很大。」這就是說，只規定行數的定型詩體，也該算在內。目前恐怕還只能做到這種最寬的定型體。所以你的嘗試是很富於實際價值的。我們還不妨去試試各種行數，如五行詩、七行詩、九行詩、十二行詩，或十五行詩等等。也就是我在那篇文章的末了說的：「尤其希望大家用多種不同的方式，來創造更多的定型詩體。」

你這詩集裡，好詩和好句很多，前言和附錄中，他們已指出和徵引過了，用不著我再說。我還喜歡其中關於「雨」和「水」，以及季節與自然現象的幾首，以至於「閨怨」的數首。句子像「人類雙腳所踏，都是故鄉。」「甚至連風也不敢咳嗽。」「所謂心事是楊柳繞著小湖徘徊。」都非常好。我也很欣賞〈楚漢〉，以前淡瑩寫有一首〈西楚霸王〉，也很好。

來不及多寫了。特此致謝。陽光小集還繼續出版嗎？祝

近好

周策縱 一九八四年十二月一日

（周策縱教授親筆信函見245頁）

周策縱先生（一九一六～二〇〇七年），國際著名紅學家和歷史學家。著有評論集《玉璽．婚姻．紅樓夢》、《論紅樓夢研究的基本態度》等，詩集《海燾》，譯有《螢》、《失群的島》等。

周策縱先生致向陽函

向陽先生：

謝謝您寄來大著十行集。這「就」我看來
的確有劃時代的意義。三四十年前我就覺得，「定
形詩」是新詩人可能發展的一個領域，可是幾乎
法推動像樣的詩人去嘗試。許多人還不能了解，
我們要嘗試發展定形詩，並不意味着要全部用
定形的詩和定形的格律，若要取代自由詩，我們中國
人太容易落進非此即彼，只有兩個和諧的選擇模
式了。一九六二年我在紐約的海外論壇月刊發表一篇
「定形新詩體的提議」後，有人就在香港一個刊物上
非常感情衝動地反對，好像我要在企圖推翻
自由詩似的，真有點像無的放矢。我那篇文章沒
素經嚴謹和格新精義在他們所論的詩學第三
輯兼一年當選讀的新詩人們都能注意到。我那篇

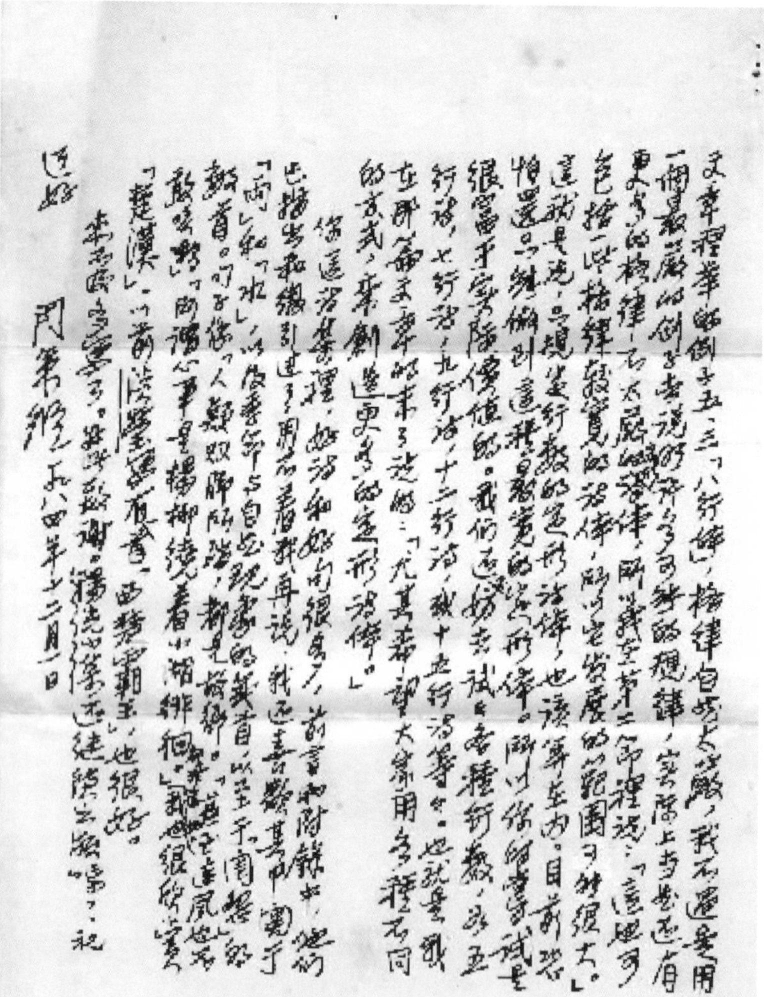

文章裡舉的例子五「三、八行律」，格律自然太嚴，我不過是用一個最嚴的例子來說明許多可能的規律，實際上當然還有更多的格律。而太嚴的格律，所以我在第十二節裡說：「這個可包括一些格律較寬的詩律，所以它包容的範圍可能很大。」這就是說，只規定行數的定形詩律，也讓寫者在內。目前恐怕還只能偏重這種自由較寬的定形詩律。所以你的嘗試是很富于實際價值的。我們應該多去試試各種行數，如五行詩，七行詩，九行詩，十二行詩，和十五行詩等等。也就是我在那篇文章的末了說的：「尤其要都大家用多種不同的方式，來創造更多的定形詩律。」

你這部詩集裡，好詩和好句很多，前言和附錄中，你所也擇出和總引述了，用不着我再說。我還喜歡其中「寬了「雨」和「水」」，以及第5首自然現象的氣息，以至于「窗裡的歌聲」。可是你說「人類收聽陌路，都是微弱。」「若是微風也不散落點」「兩種心事是楊柳繞着小橋徘徊。」我也很欣賞。「楚漢」、「前後蒙蒙有書」，「西楚霸王」，也很好。

來函說高高興興。盛情謝謝。請恕以後有機會再續談，祝

近好

周策縱 一九八四年十二月一日

九歌文庫 689

十行集
Collected Ten-line Poems

著者　向陽
發行人　蔡文甫
出版發行　九歌出版社有限公司
臺北市105八德路3段12巷57弄40號
電話／02-25776564・傳眞／02-25789205
郵政劃撥／0112295-1
九歌文學網　www.chiuko.com.tw
印刷　晨捷印製股份有限公司
法律顧問　龍躍天律師・蕭雄淋律師・董安丹律師
初版　1984年7月10日
二版　2004年5月10日
增訂新版　2010年5月10日
新版2印　2016年10月
定價　260元

書號　F0689
ISBN　978-957-444-683-4
（缺頁、破損或裝訂錯誤，請寄回本公司更換）

國家圖書館出版品預行編目資料

十行集／向陽著. — 增訂新版.—臺北市：
九歌,民99.05 面；公分.—(九歌文庫；689)

ISBN 978-957-444-683-4 (平裝)

851.486 99004744

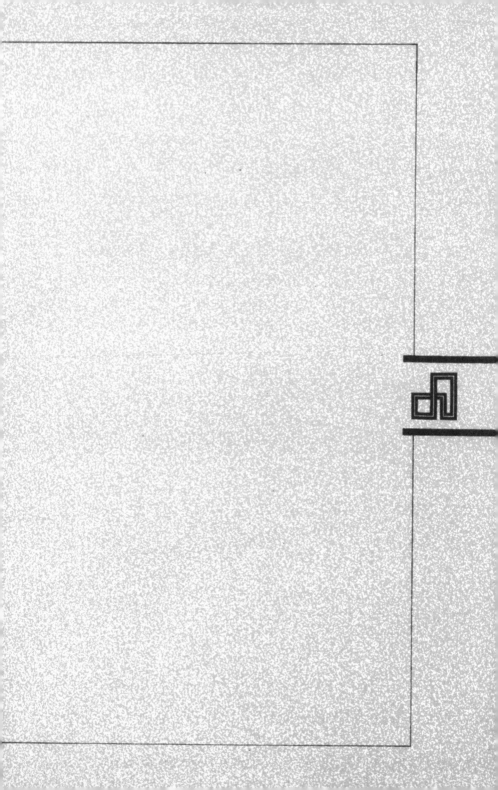

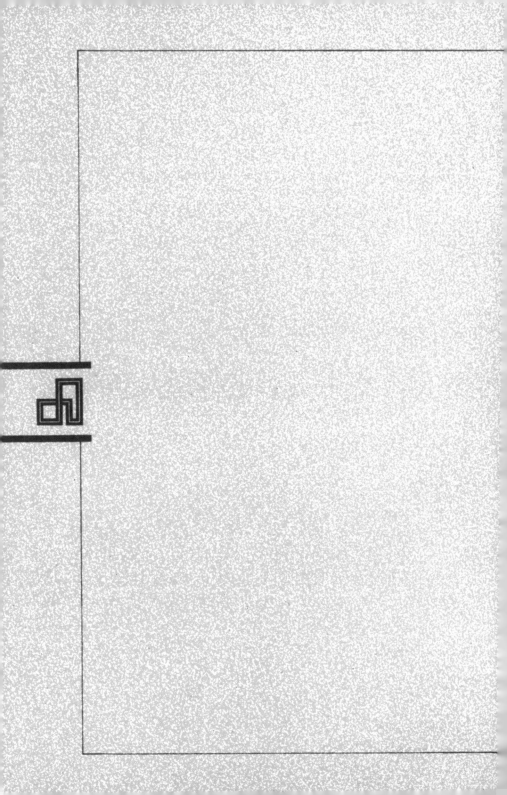